こうして真相は明らかになったものの、その代償として、私はしばらく頬を腫らすこととなったのだった……。

さて、このような私の性格は大人になっても変わらず、ちょっとでも興味がわけば、なんにでもすぐにクビを突っ込んでしまう。むしろ、その傾向は強まったようにさえ思える。

そして、私が興味を惹かれる対象はなんだかヤバそうな雰囲気が漂うもの――つまりエロやアングラなど、怪しげなものが多い。

むろん、そうしたものにクビを突っ込めば、前述のような痛い目やトンデモない目に遭うことも多々ある。

しかし、あえて覗いてみたからこそ、見ることができたものがたくさんあることも事実だ。

本書では、そんな私の好奇心の強さゆえの「いかがわしい経験」をまとめてみた。「ウサン臭い商品を試す」といった軽いものから、「エロ本出版社に正社員として数年勤める」という、人生設計を揺るがしかねないものまで様々だが、そんな私のカラダを張りまくってきた半生を、読者の皆様に笑っていただければ幸いだ。

実録!

# いかがわしい経験をしまくってみました

目次

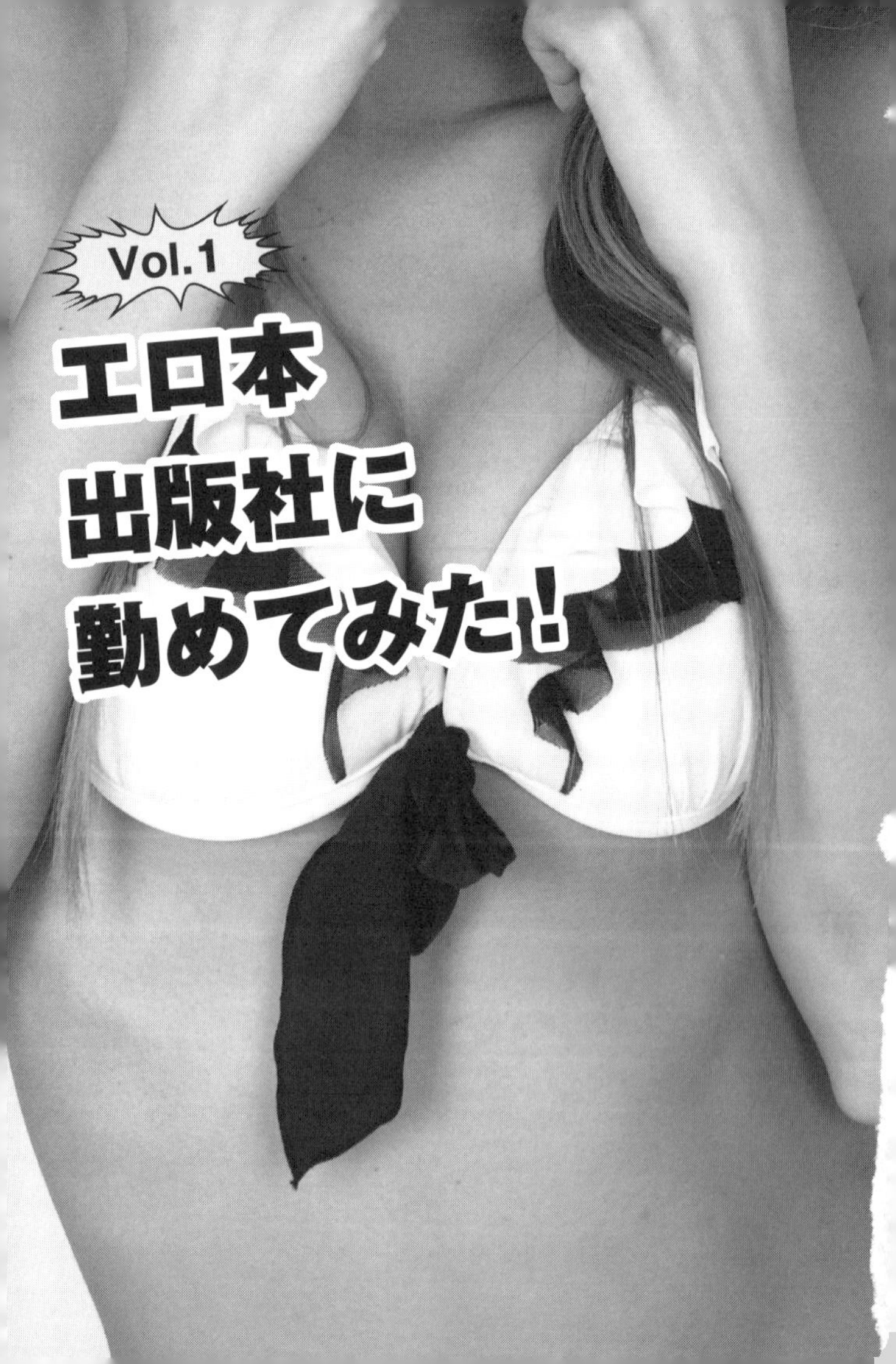
Vol.1
エロ本
出版社に
勤めてみた！

大学を卒業後、私はしばらく金融機関に勤めていたのだが、実はジャーナリストになりたいという夢があり、週刊誌を発行する出版社を中心に転職活動を行っていた。

面接などの感触はどこも悪くなかったが、最終的には全敗してしまった。当時はまだネットよりも紙媒体が強い時代。当然、週刊誌の記者職も大人気で、競争率が非常に高かったのである。業界未経験の新卒扱いでは、なかなか雇ってもらえるはずもない。

そもそも、募集自体していないところがほとんどで、なんとか会うだけ会ってもらうというやり方にも無理があったのかもしれない。

また、面接を重ねるにつれて、「世の中を変えたい」とか「悪人を糾弾してやろう」などというタフなジャーナリズム精神や正義感を自分自身が持ち合わせていないことも悟り始めるようになった。

そもそも、私はなぜジャーナリストを目指していたのか？　読者の好奇心を満たす魅力ある記事を作り、感動させたかったからだ。

でも、それならば、媒体が週刊誌である必要もないかも……悶々と考えつつ、コンビニを訪れた私は、気休めのつもりで缶ビールとエロ本を購入した。

そして家に帰り、エロ本のページをパラパラとめくりシコシコしながら、ふと思ったのだ。

「事件を追っかけるより、女のケツでも追っかけながら記事を作ってたほうが楽しい

し、読者の好奇心も満たせる内容ができるんじゃね？」

私は、思い立ったらすぐに行動しなければ気が済まない性格だ。

そのまま手も洗わずに履歴書を作成し、自発的に熱意を込めた手紙（主にエロ本の感想文）まで添え、そのエロ本を発行する出版社の編集部へ郵送したのである。

3日後、編集部から連絡を受け、見事に面接をしてもらえることになった。面接担当者は編集長と総務部長だった（ほとんどの出版社には人事部など存在しない）。

志望理由を聞かれたのでこう返す。

「御社が発行しているエロ本を見て、素人ハメ撮りならではの生々しい感じに惹かれてムラムラしたことです。その本能に従って、御社で働いてみたくなりました」

「ふーん、そうですか。ところで出会い系サイトって好き？　ハメ撮りってしたことある？」

私の志望動機もさることながら、さすがエロ本出版社……。一般企業ではありえない、パンチの効いた質問だ（笑）。だが、確かに、実務に直結する大事な話かもしれない。

「今のところ、出会い系やハメ撮りはほぼ未経験ですが、今後、とにかくたくさんナンパしてセックスしまくりたいです！」

熱意が通じたのか、私は採用を勝ち取り、晴れて〝エロジャーナリスト〟の道を歩むことになったのだった！

## 帰宅できるのは月に2日!?

エロ本出版社に入社した翌日、私は、総務担当の女性社員から「おめでとう」の一言と共に、重要なアイテムを手渡された。寝袋だ……。

実際、締切日直前の入社だったためか、至るところに先輩らしき人間が屍のように転がっている。

思わず呆気にとられたが、出版社を舞台にしたドラマや漫画でも編集者は忙しくて徹夜ばかり、という描写がなされていたので、これは覚悟のうえ。

しかし、いざ働き始めてみると、忙しさは想像以上だった。最初こそ、修正前のモロ見え写真に興奮していたが、勃起する暇もないほどに仕事量が多い。

朝は掃除やゴミ捨てに始まり、日中はスタジオやロケに出て撮影、取材先のアポイントやモデルのアテンド、企画の打ち合わせからロケ弁の手配、小道具の買い出し……など、業務内容は多岐に渡る。

また、毎日ストリートに繰り出し、誌面で脱いでもらえる素人の可愛い女のコをナンパし続けるという仕事もある。最低でも水着になってもらうことが必須条件だ。

「マジでウゼー！」

「キモいから近寄るな！」

「怪しすぎるんですけど。通報しますよ？」

などなど、容赦なく罵声を浴びせられる。もちろん、最初は凹んでばかりいたが、これは意外とすぐに慣れた。心を無にして、常に笑顔でナンパしていれば、下手な鉄砲も数撃ちゃ当たるのだ。

次第に、狙い目となる女のコの雰囲気も掴めるようになり、5人ぐらい声をかければ、1人ぐらいはオッケーをもらえるようになった。まあ、ユルい時代だったこともあるのだろうが（61ページ「『脱がせ屋』をやってみた！」参照）。

ナンパを終え、編集部に戻ると深夜から朝まで撮影したポジフィルムを整理するというルーティーン。

加えて、新人の私は先輩から押しつけられるパシリ的な仕事も同時にやらなければならず、月に2日くらいしか家には帰れなかった。

当然、多忙過ぎてうっかりミスもやってしまうのだが、そんなときは、思いっきりブン殴られる始末（今ならパワハラで大問題になるが、当時は割と当たり前だった？）。

社員の経歴はバラエティに富んでおり、元格闘家やホスト、暴走族、クラブやイベント関係者など、ゴリゴリの体育会系出身も多かったので、〝鉄拳制裁〟がまかり通っていたのかもしれない。

ところで、エロ本出版社と言えば、エロ本ばかり作っていると思われがちだが、実

際にはそうではない。

芸能系ゴシップ誌からファッションやカルチャー誌、クルマ・バイク、ミリタリーをはじめとするマニア向けの専門誌、ヤクザなどを取り上げたアウトロー関連雑誌など、大雑把に〝サブカルチャー〟と呼ばれるジャンルを幅広く手がけており、編集者の得意分野に合わせて数冊を同時進行することになる。

そして、私は新人かつ器用貧乏だったこともあって、とにかく様々な仕事を振られ、常に手一杯の状態だった。

しかし、家にほとんど帰れないとなると、性欲処理が切実な問題となる。20代の健康な男子であれば、毎日オナニーしても足りないぐらいだ（私だけか？）。

ただ、不幸中の幸い、編集部の至るところにエロ本が落ちている。さらに編集部には唯一、カギをかけてゆっくりできる場所があった。それは書庫だ。

書庫には雑誌のバックナンバーなどが山積みに保存されており、薄暗いので寝袋を敷いて寝ることはもちろん、オナニーにも向いている。

そのため、書庫では徹夜の多い編集者の場所取り合戦が日常的に行われていた。

私も、先輩たちに負けじと、大量に精子を発射したティッシュをあえてその場に放置しておき、犬のようなマーキングで陣地を示していた（笑）。

また、当時はフーゾクの早朝割引にも大変お世話になった。割増になる深夜帯とは

打って変わり、朝6時頃～9時頃までは都内の繁華街であっても6000円前後でヌイてもらうことができるのだ。

仕事で徹夜をして疲労困憊のときこそ、オスとしての本能が働き、無性に性欲が高まる。普段からエロ本の制作で裸体をひたすら眺めているとはいえ、やはり生身のカラダに触れたくなるものだ。

こうして、給料の大半をフーゾクに使うというクズのようなライフスタイルが構築されたのだが、一流のエロジャーナリストにはどんどん近づいていたのかもしれない（笑）。

## 〝無茶振り〟が平然と飛び交う社内

ブラック企業と呼ばれる会社では、キツいノルマが課せられるのかもしれないが、エロ本出版社では、〝無茶振り〟が平然と飛び交う。

例えば、編集者自身が人気のフーゾク店を取材し、プレイイメージ写真の被写体になる程度は定番中の定番なのだが、読者を飽きさせないためにも、さらに工夫を凝らした指令が出る。

「援交の温床とも呼ばれる出会い系の実態を調査しろ」

「マルキューのショップ店員っぽいギャルをナンパしてハメ撮りしろ」

このように、世の中の流れを意識しながら、読者にインパクトを与える記事を作成するのである。私自身、読者に面白い記事を届けたいという気持ちはあったが、ある程度の企画をやり尽くしてしまうと、次第に内容はエスカレートせざるをえない。

雑誌の売り上げ自体が下降気味だったこともあり、編集長はより強く攻める方針を取ったようだ。

「ＳＭプレイで女王様の〝聖水〟を飲んでこい」

「なあ、ウンコって食える？」

両方共、上司から真顔で言われた本気の指令だ。

本来、私が作っていた雑誌では、ソッチ系は扱っていなかったのだが、もはや歯止めがきかない状態になっていたのだろう。

それでも、いち編集部員の私にとって、上司の指令は絶対であり失敗は許されない。

さすがに、ウンコ企画はコンビニに本を置いてもらえなくなるとのことでＮＧとなったが、聖水はありがたく頂戴したのだった（笑）。

それにしても、どこの会社が、業務で社員にオシッコを飲ませるというのか……。

その後、こうした行き過ぎた企画の掲載写真が原因で、我が社は各方面から大バッシングを受けることになるのだが、諸般の事情もあり、そのへんの詳細は控えさせていただくことをご了承願いたい。

## エッチな女のコが次々と入社

そんな多忙かつ浮世離れした生活を送っていたが、嫌なことばかりではなかった。

突如、バイトとして編集部に加入したAちゃん。彼女は黒髪で清楚な服装という地味なコで、性格も大人しい。なぜ、わざわざエロ本出版社での仕事を選んだのか意味が分からなかった。

私は、彼女が行う雑用の教育係に任命され、仕事を教えることとなった。そして、純粋な彼女に癒されていたのである。

しかし、そんなある朝、Aちゃんと一緒に不要な雑誌類をヒモで縛り、ゴミ捨て場に持っていこうとしていたときのこと。まだ教えてもいないのに、彼女のヒモの縛り方は完璧だった。無数に連なる美しい六角形は、まるで……、

「あっ！　き、きっ○☆×……」

私は喉元まで出かかった叫び声を、無理やり押し殺した。

そう、Aちゃんは、SMで知られる〝亀甲縛り〟で雑誌を縛ったのだった。

Aちゃんは何者なのか……？　思わず私は、怪訝な表情で彼女を見つめてしまったが、彼女は全く気にも留めていない様子。2人きりのエレベーターでは、いやらしい妄想が常に頭をよぎったが、手を出しては大問題。必死に堪えたのだった。

それからというもの、当然ながら私は彼女の動向に注目するようになった。

というか、よくよく見れば、どこかで見覚えがある顔だ。まさかと思いながらも、あれこれ調べてみると、なんとAちゃんに顔がクリソツなAV女優を発見！　しかも、かなり有名なコらしい。

ただ、その女優はAVの中では派手なメイクで明るく元気なキャラクター。そのため、本当に地味目のAちゃんと同一人物なのかどうか確信が持てなかった。

しかし、その女優のブログを探して読んでみると、「最近は一般の会社で働いてます」とのコメントと共に、「中の人」が見れば一発で分かる、我が社のデスクやゴミ捨て場を撮った写メがアップされているではないか！

もう間違いなかった（笑）。Aちゃんは、有名AV女優なのだが、身分を隠してコッソリとわが社で働いていたのだ。

その動機は最後まで分からずじまいだったが、社内での地味な雰囲気と、AVでの乱れっぷりのギャップに私は大いに興奮し、彼女をオカズにしていたのだった。

そんなAちゃんだったが、1年ほどで辞めることになり、今度はCちゃんという女のコが代わりにバイトで入った。

そのCちゃんが私のところにも挨拶にきたので、会釈をしてから顔を上げた瞬間、思わず目を疑った。

なんと彼女は……つい先月、取材したばかりのフードル（フーゾク店の看板嬢）だったのだ！

「藤山先輩、よろしくね♪」

Cちゃんが無邪気にニッコリと笑う。一体、どういうつもりなのだろうか……。

——取材当日を振り返る。

私は「都内で会えるフードル」という企画で、いくつかのフーゾク店を取材先としてピックアップしていた。そして、あるフーゾク店の店長にゴリ推しされたのがCちゃんだったのだ。

確かに人気のようで、撮影場所に指定されたラブホテルにCちゃんが現れたのは、予定よりも数時間遅れの深夜12時頃。

「よろしくお願いしまーす」

「藤山です。今日はよろしくお願いします」

「てか、お若いですよね〜。いくつですか？」

「23歳です」

「え、タメですよ〜（笑）」

会話をしてみると、おっとりとした口調で万人ウケしそうなキャラ。加えて、衣服の上からでも十分に主張する巨乳に、撮影前から垂涎だ……。

撮影で必要なカットは、パンティー一丁の状態で手ブラとセクシーショットが数枚。時間も時間なので、早速脱いでもらうことにしたが、彼女も慣れているためか、特に恥ずかしがる素振りもなく、すぐにブラジャーを外す。

ポロロンと飛び出たロケットオッパイ。全体的に胸が大きいので、そのぶん、乳輪サイズも比例する。そして、なぜかパンティーまで脱いでしまっている。ちなみに陰毛は薄かった。

「あ、間違えちゃいました（笑）」

そんな天然のCちゃんをベッドの上でパシャパシャと撮影していると、思わずムラムラしてきてしまった。

「オッパイの形が最高だね～（揉みたいなぁ）」

「よく言われるんですよ。触ってみます？」

「え、いいの？（ラッキー！）」

「記事にされると思うので、お試しにどうぞ♪」

オッパイをパフパフしながらカメラを回し、同時に簡単なインタビューも行う。

「やっぱり、元々エッチが好きなの？（柔らかいなぁ……）」

「そうですよ～。エヘヘ」

「じゃあ、ボクと同じだね（あー、セックスしたい）」

さらに、彼女はテントが張った私の股間を自発的にサワサワしてきたのだが、取材先の女のコに手を出すのは当然ながらご法度。会社や店側にバレては何かと面倒なので、なんとか堪えたのだった。

オッパイを揉ませてくれたあのフードルのCちゃんが、今度は同じ会社のスタッフとしてここにいることに大きな違和感を覚える。

とはいえ、他の編集部員は彼女がフーゾク嬢であることに誰も気づいていないようだった。なぜなら、自分の担当ページ以外は、正直あまりチェックしていないからだ。

Cちゃんは、私の所属する編集部とは別の部署に配属されたので直接仕事で絡む機会は少なかったが、話を聞くと、予想以上に上手く立ち回っているようで驚いた。

やはり、フーゾクで人気嬢になるだけのことはあって、人との接し方などが絶妙なのだろう。

ある日私は、さり気なくエロ本出版社に入った理由を彼女に聞いてみた。

「だって、藤山さんがとっても楽しそうに仕事してたんで。ちゃんと夜はお店で働いてますけど……みんなには内緒ですよ」

どうやら、私の仕事ぶりが彼女の人生に少なからず影響を与えてしまったようだ。

もちろん、社内で手を出すことはしなかったが、たまに客として彼女のフーゾク店に通っていたことは、今だから言える事実だ……（笑）。

## エロ本出版社を去る日

エロ本出版社で5年目の春を迎えた頃、私は退職を決意した。27歳のときだ。

ご存知の通り、ネットの普及に伴い、「オッパイ」や「マンコ」と検索すれば、無料でオナニーが楽しめる時代が到来した。

そのためエロ本の役割は失われてしまい、私が携わる雑誌も、もはや風前の灯火だった。

前述のような過激な企画をはじめ、攻めの姿勢で試行錯誤してみるものの、猛スピードで下降していく雑誌の売り上げを前に、編集部もお手上げ状態。私としても、沈没船に乗り続けていくことに限界を感じていた。

また、会社的にも大規模なリストラ話が持ち上がっていた。編集局のスタッフ数を半分に削らなければならないらしい。

編集部員には30代の妻子持ちが多く、誰がリストラされるのか、ソワソワした状態だった。

それならば、まだ20代で身動きしやすい自分が……そう思い、自ら編集長に相談してみることにした。

編集長には、これまでに幾度となくブン殴られてきた。外で取材をしている途中、

公衆の面前にもかかわらず、気を失いかけるほどボコボコにされたこともある。

そんな〝鬼軍曹〟とも呼ばれる編集長に「辞める」だなんて言ったら、一体どうなることか……少々ビビりながらも、意を決して、私は編集長を喫茶店に呼び出したのだった。

徹夜明けだったせいか、あるいは事情を察していたのか、編集長の表情は厳しかった。

「おう、急にどうした？」

今まで、2人きりで喫茶店で話などしたことなどなかったのだ。私は、もはや細かい理由を説明するのも野暮だと思い、単刀直入に切り出した。

「あの……会社を辞めようと思っています」

すると、編集長は大きく目を見開いた。

「そうか……。オレも本当は……」

「……えっ？」

編集長は見開いた目を閉じ、天を仰ぐと、大きなタメ息をついた。

「……本当は、オレも辞められるなら辞めたいんだ。だが、家族がいる。その選択肢は選べない。お前は勘がいいから、皆のことも考えての決断だろう」

「ハイ……」

編集長が漏らした唯一の弱音であり本音。それを、いざ辞めるときになり、初めて

知ることができたのだった。

「ありがとう。オレは編集長として、雑誌の最後を看取ろうと思う。今までブン殴ったり、無茶をさせてすまなかったな。お前はまだ若いから、何でもできる。新しい環境でも頑張れよ」

こうして、意外なほどアッサリと私の退職は認められた。

それからしばらくして、予想通りに雑誌は廃刊した。そして結局、編集長も含めて、ほぼ全員が会社を去ることとなった。

私と言えば、その後、フリーランスの編集者兼ライターとして独立。エロ本出版社で培った経験を活かし、今でも活動を続けているからこそ本書があるのだ。

さておき、奇人変人、魑魅魍魎（私も含めて）が巣食うエロ本出版社……というふうに書いてきたが、最後に誤解がないようつけ加えておくと、もちろん〝フツー〟の社員もたくさんいる（特に、女性スタッフはほとんどフツーの人だ）。じゃないと、会社としても回らないだろう（笑）。

また、現在ではいろいろと規制が厳しくなり、ここで紹介したような過激な指令もあまり出されなくなっているようだ。エロ指令に憧れて、うっかり入社しないようにご注意を（笑）。

Vol.2

# 合法ドラッグをやってみた！

2014年、それまで〝合法ドラッグ〟や〝脱法ドラッグ〟あるいは〝脱法ハーブ〟などと呼ばれていたものが、〝危険ドラッグ〟という名称に改められた。

現在では、モノによっては所持しているだけで罰則の対象となり、また、危険ドラッグを使用した人が事件や事故を起こしたというニュースもたびたび見かける。

いずれにしても、絶対に手を出すべきではない。

そんな危険ドラッグだが、合法ドラッグと呼ばれていた時代（2005年頃まで）は、今ほど規制が進んでおらず、渋谷センター街の露店などでフツーに売られていたし、当時のカルチャー雑誌では合法ドラッグの効能をパッケージごとに紹介する企画まで行われていたと記憶している。

その後、世間の風当たりが厳しくなるにつれて大っぴらには見られなくなり、いつの間にやら消滅した（あるいは地下に潜った）かのように思われていたが、前述の通り、ここ数年くらいの間で大きな社会問題となっていることは、もはや言うまでもないだろう。

そして実は、私自身、過去に危険（合法）ドラッグの使用歴がある。

ただ、それが原因でかなり痛い目に遭ったため、二度と手を出そうとは思わない……。

## 繁華街のナゾのハーブ屋

私が今で言う〝危険ドラッグ〟と出会ったのは2010年頃。仕事で終電を逃し、ヒマを持て余していたときのことだ。

クラブやフーゾクが乱立する都内の繁華街を歩いていると、仄かな光が灯るバーのような店が目に留まった。

はて、こんな店あったかな……？

店名は、英語で「マリファナ」を指す隠語の1つ。分かる人には分かる、といったネーミングだ。店内をのぞいてみると、バーではなく雑貨屋のようだ。

私は、どことなく怪しい雰囲気に興味を惹かれ、店内に入ってみることにした。

「いらっしゃいませ〜」

意外にも、さわやかな女性の声が響く。ウサン臭い外観とは対照的に、店員はいたってフツーのお姉さん。アパレル店員のように、最新のファッションに身を包んでいる。

陳列棚には、小物入れなどのエスニック系雑貨を中心に、パイプなどの喫煙具も並んでいた。

ひと通り見渡してからお姉さんがいるレジ前のショーケースを眺めると、海外輸入物だと思われるサイケやトランス系のCDに混ざって、小さなパッケージがいくつも

並んでいた。

　どこか違和感を覚え、聞いてみる。

「えーと、これは何？」

「ハーブですよ」

「へー、そうなんだ……」

　店名からして怪しかったが、まさかと思った。念のため、少しカマをかけてみる。

「ケミカル（化学合成によって作られたドラッグ）だよね？」

「まあ、そうなりますね」

「いわゆる〝合法ハーブ〟ってヤツ？」

「ハイ」

　お姉さんは、顔色ひとつ変えず笑顔で対応してくる。

　合法ハーブとは、マリファナの成分であるＴＨＣを人工的に化学合成し、効果を似せたものである。ただし、規制の対象となっているＴＨＣとは化学式が少し異なることから、違法ではなく合法なのだ。

　私は、もう少しお姉さんに突っ込んでみた。

「ケミカルは苦手なんだよねー（やったことないけど）」

　反応が見たくて、知ったかぶりをする。

「ねえ、本物のハッパというか、ナチュラルな感じのない？」

私は、海外でのマリファナ経験はある。かつてネパールで体験した、股間に効く神秘的なハッパ話などをお姉さんに語り、ジャンキー感をアピールしてみた。

「クスクス……お兄さん、なんか面白いですね」

お姉さんが声を出して笑う。そして、明るい口調でこう言った。

「こちらの銘柄でしたら、波が緩やかなので音楽鑑賞に最適です。初心者がよく買われていきますよ。効き目は2時間ぐらいです」

私の口ぶりや身なり（この当時はレゲエにハマっていて、ラスタカラーのミサンガをしていた）を見て、同胞だと認めてくれたのだろうか。彼女は銘柄の解説を饒舌に続ける。

「そして、こちらはズッシリと重たい感じ。丸1日動けなくなるくらいなので、上級者向きとも言えます。他にも、お兄さんが好きそうなセックスに効くヤツとか、いろいろありますよ」

いわゆるハッパ状のモノをはじめ、リキッド（液）タイプもあるようだ。名目としてはお香やアロマオイルとしてパッケージされているが、実際に彼女の説明を聞けば、完全に〝ドラッグ〟だ。

「一応……これ、大丈夫だよね？」

「3グラムで3000円程度だから本物より安いですし、なによりも合法ですから」

どこにでもいるようなフツーのお姉さんがニッコリと笑いながら合法ハーブの説明をする様子が滑稽だ。

しかし、合法とはいえ得体がしれないケミカルドラッグ。正直なところ、不安な気持ちもあるが、お姉さんがそこまで言うなら安心なのか!?

結局私は、彼女が「ナチュラルっぽい」と紹介した銘柄を試しに1パケ購入してみた。

「ありがとうございます。お兄さんは初めての来店ですし、オマケで、1本巻いてあるモノをサービスします。通常は1000円ですけど。よろしければ、2階にくつろげるカフェスペースがありますよ」

## 想像以上に股間に効果アリ

店内の脇には急勾配の階段がある。なるほど、その場で吸えるというわけか。

私は海外でマリファナをキメたことはあるものの、日本でドラッグをやったことはない。どうなってしまうのか？　トビ過ぎて動けなくなったらヤバいな……。

とはいえ、すでに終電もなく自宅には帰れない状況。外よりも店内でキメるほうが、何かあったときに困らずに済むだろう……そう思い、階段を登ってみる。

2階にはいくつかのテーブルとソファーがあったので、その1つに腰を下ろした。

私の他には誰もおらず、店員すらいなかった。

そしていよいよ、オマケでもらった1本に着火。

スー……、プハー……。

煙を吐き切るや否や、目がチカチカし始めた。胸の鼓動も速まっている。

緊張のせいなのか、それともハーブのせいなのか、しばらくしても胸のドキドキが収まらない。開始3分でキマり始めているのか。

「動けなくなる前に、避難したほうがよさそうだ……」

吸ってから早々に階段を降りると、お姉さんに声をかけられた。

「あ、どうでした？　サービスで渡した1本は、さっき言ってたセックスに効くやつですよ」

そういえば、パッケージにはセクシーな女性のシルエットが描かれていたかも。確かに股間がムズムズする（笑）。

「なかなか良さそうですね。それじゃ」

お姉さんにテキトーに返事をし、私は足早にハーブ屋の近くの個室ビデオ（ＡＶを借りて個室でオナニーができる店。24時間営業の店が多く、カプセルホテル代わりに利用する人も多い）へと向かったのだった。

ハァハァハァ……。無意識に鼻息が荒くなる。それを我慢しながら受付を済ませ、

ろくに選びもせず、数本のタイトルのAVを借りて個室に駆け込んだ。道すがら、ズボンと擦れてしまったため、はち切れんばかりに股間は膨張していた。

AVを画面にセットし、耳にはヘッドフォンを装着する。

そしてパンツを脱ぎ股間をシコシコし始めた途端、目のチカチカが強くなり、次第に目の前の景色は真っ白に変わっていった。

しばらくすると、白い隙間から宇宙が見える。そうだ、宇宙に、宇宙に飛ぶんだ！

ゴゴゴゴゴゴゴー……。ロケットが轟音を立てながら発射準備に入っている。

私はパイロットだ。カラダには物凄い重力、G（自慰）がかかっている。もはや押し潰されてしまいそうだ。

それでもロケットを発射させるには、ハンドル（股間）を握り続けねばならない！

「イケーーーーーーーーーー!!」

思い切りハンドルを上下させると、ついにロケットが発射された！

しばらくすると、成層圏（精巣圏）まで差しかかる。今まで以上にGを感じるが、耐えろ。

「うおぉぉぉぉぉぉぉぉぉぉぉ!!」

ようやく宇宙に達したとき、私はGから解放されてフワリとカラダが軽くなった。

真っ暗闇の中、たくさんのお星様が見える。なんて綺麗なのか。感動で涙が溢れて

くる。

しかし、次の瞬間我に返った。

ハンドルを握っていたはずの手のひらには、大量の白濁液が乗っている。

個室は静寂に包まれており、ヘッドフォンからAVの音が漏れ聞こえてくる。どうやら別世界に飛んでいたらしい。未知なるオーガズムに達していたのか……。

オナニーの最中、大声を上げていなかったか、とても不安になった。

ハーブ店を出てからわずか1時間以内のトリップ。私は、とんでもないものを入手してしまったようだ……。

それからというもの、私はヒマさえあれば合法ハーブをキメてオナニーを嗜むようになった。

全身の力が抜けるので、ゲイがハーブをアナルセックスに使っているとの噂を聞けば、私もアナルをいじくるオナニー〝アナニー〟を試すなど、とにかくハーブを使ったオナニーをいろいろやってみたのである。

## 知人の死に直面

2010年頃は、渋谷や池袋、新宿などの繁華街に次々とハーブ屋が出現していた。

「合法ハーブあります」と書かれた貼り紙まで堂々と出されていたほどだ。

そのパッケージは、サイケやトランス系音楽のジャケ写を彷彿とさせ、まるでCDのような感覚で、気軽に若者が手を伸ばしてしまいそうな雰囲気がある。〝合法〟であり、さらに健康にも良さそうな〝ハーブ〟という響きもツボだったのかもしれない。また、どこかファッションアイテムのひとつとして勘違いさせる部分もある。

こうして急激な速度で、合法ハーブは若者を中心に普及していったのだった。とはいえ、当然のごとく弊害もあった。サイケやトランス系のクラブイベントでハーブの使用者が続出し、酩酊して暴れた客が警察沙汰を起こす事例が増えるようになったのだ。

当時、知人のイベントオーガナイザーはこのように嘆いていた。

「確かに、明らかにラリってる客もいる。ただ、大部分の人はフツーに音楽と酒、ナンパが目当てで来ていて、合法ハーブや合法ドラッグを使っているのは本当に一部の客だけだと思う。でも、サイケやトランス自体が警察に目をつけられてしまったから、イベントを行う度にガサが入るようになった。もう大掛かりな感じではイベントが打てなくなって、商売あがったりだよ……」

警察も黙っていなかったのだ。さらに、麻薬としての規制範囲が拡大されるように

なり、それまで合法とされていたドラッグの類も一斉に摘発の対象となった。

そんな中、私自身にも、もう合法ハーブをヤメようと決意するきっかけとなる衝撃的な出来事が立て続けに起きた。

ある日、知人のAさんから都内のクラブイベントに誘われたときのことだ。

Aさんは、私が携わっていたカルチャー雑誌でアウトロー関連の記事を作る際、協力してもらっていた人物だ。

仕事があったため、その日私がクラブに到着したのは深夜。背の高いAさんは目立つので、すぐに見つけて声をかけると、どうやら酔っているらしく、呂律が回っていなかった。

いや、この感じは酒ではなく、ハーブを吸引したのだろうとすぐに気づいた。Aさんも合法ハーブにハマっていたのだ。

そして、フロアのボルテージがマックスに差しかかった頃、DJが爆音を鳴らし、観客は雄叫びを上げた。Aさんも、コワモテなツレ達と一緒に楽しんでいる様子だった。

ところが、急にプツリと音楽が途絶えたのだ。観客がザワめく……。

「オイ、DJは何をやってる！」

Aさんが叫び、目を血走らせながらブースに詰め寄ったが、DJも何が起こってい

るのか分からず戸惑っている。

次の瞬間、フロアの照明が一斉に明るくなり、警察がなだれ込んできた！

どうやらガサが入ったらしい。Aさんはハーブを所持しているだろう。荷物検査をされたら面倒な事態は免れられない。大丈夫なのか？

Aさんに目をやると、さすがに正気に戻ったらしく青ざめていた。

「ハイ、帰ってくださーい」

警察が無表情に言う。

聞けば、この日の目的はドラッグ系のガサではなく、風営法やダンス規制（深夜営業やダンス禁止令に関するもの）の絡みらしい。

よって、結論から言うと客は荷物検査や尿検査まではされなかったのだが、合法ハーブをやっている私たちが、肝を冷やしたことは言うまでもない。

そして、またあるときのこと。

私は、別の知人Bさんに誘われて一緒に合法ハーブを吸った翌日から、どうにもカラダが重くなった。頭も割れるように痛い。さらに咳が止まらず、呼吸をするのも困難だった。

風邪でもひいたのだろうか、いや、原因はまさか……。

そう思いながらも、すぐに治るだろうと甘く見ていた。

しかし、その症状は2週間にもわたって続き、さすがに仕事にも悪影響を及ぼすようになった。

いくつかの依頼を断らざるをえない状態になり、私は、ついに病院を訪れた。

受診の結果、私は気管支炎を患っていた。喘息《ぜんそく》の寸前とのことで、完治するまで絶対安静を強いられ、重ねて仕事に穴を開けるハメになったのだ。

一緒に吸ったBさんが気がかりでメールを送る。すると、彼の方は肺気胸になり、入院中とのことだった。

やはり、ハーブは危険過ぎる……。

規制範囲が拡大するたびに、成分を少しだけ組み変えた新商品が登場するといういたちごっこを繰り返した結果、合法ハーブや合法ドラッグは、次第にワケの分からない物体に成り果てていたのだ。

さらに、追い討ちをかけるような出来事が起こる。

なんと、先日クラブで一緒だったAさんが突然ビルから飛び降りて自殺してしまったのである。

突然の訃報に、私は驚きを隠せなかった。Aさんとは直前にも取材で会っていたが、特に悩んでいる様子もなく、元気だったのだ。

彼と親しかった人にそれとなく原因を聞いてみると、やはり、ハーブが原因だった

ようだ。キマり過ぎて暴走したらしい。

Aさんとは仕事上の付き合いではあったが、いざ死んでしまうと寂しいものだ。その葬式では、棺桶を前に、母親と思われる女性が泣き崩れていた。彼女の姿を見て、私は今後合法ハーブを一切やらないと心に決めたのだった。

その後、2014年6月に池袋で起きた脱法ドラッグが原因とみられる車両事故をきっかけに、冒頭で記した名称改正が行われ、包括規制も設けられた。

それでもなお、若者の使用者が後を絶たず、今でもメディアを賑わせている。

前述のように、現行の〝危険ドラッグ〟にはどんな成分が含まれているのか見当もつかず、自身の健康を害する可能性や、場合によっては死傷者を出す大きな事件や事故にも繋がりかねない。

かく言う私も、かつては使用者の1人であり、仕事に支障をきたすほど体調を崩し、知人が亡くなるという現実に直面した。

この体験記を通じて、危険ドラッグがいかに恐ろしいものであるか、少しでも分かっていただければ幸いだ。そして今後も、私のできる限り警鐘を鳴らしていきたい。

Vol.3

# 「立ちんぼ」についていってみた！

「オニイサン、アソビマショ」

「マッサージ、エッチモアルヨ？」

繁華街の喧騒の中、カタコトの日本語が投げかけられる。声のする薄暗い路地に目を向けると、そこには娼婦丸出し、ケバケバしい身なりの女が腕組みをして立っている……そのような経験は、誰でも一度や二度はあるのではないか（ないか？）。

むろん、このように街頭で客を取り売春をする行為は摘発の対象だが、彼女たちは時として男性の腕や洋服を掴んできたり、強引に暗闇へと引きずりこもうとしてくることもある。

あるいは、ただジーッと目配せをしてくるだけで、こちらから話しかけない限りは全くその場所から動こうとせず、不気味なオーラを周囲に醸し出しているというパターンも。

そんな彼女たちは〝立ちんぼ〟と呼ばれており、エリアにもよるのだろうが、そのほとんどがアジア系の外国人女性で、その評判はお世辞にも良いとは言い難い。

ボッタクリや美人局など、何かしらの被害に遭ったという悪評もさることながら、いかんせん年増のオバちゃんが多く、エッチ以前の問題もある（笑）。

このような得体のしれない女性たちに、立ち向かう勇者などいるのだろうか？　実際、エロ本出版社勤務経験がある私でさえ、なんとなく興味はあるが敬遠している状

態で、声をかけられても普段はスルーしていた。

しかしながら、ある日、とんでもない美女に出会ってしまったのだ……。

## 北川景子似の〝座りんぼ〟に声をかけられる

私は、都内のとある繁華街で飲んでいた。

終電間際、人混みを避けて裏道から帰ろうとしていると、いつものごとく、立ちんぼから ひっきりなしに声をかけられた。

「カッコイイオニイサン、ツカレテルデショ？　マッサージ？」

誰もがボディラインを強調したセクシーな衣装で、胸元は大きく開いており、巨乳をアピールしてくる。

この一帯は、中国人の立ちんぼが多いことで知られるエリア。マッサージを装った本番店の客引きという噂もある。

だが、私はアウトオブ眼中（古い）。給料日前で、財布の中身も寂しくなり始めていたため、今日はもう帰ってオナニーをすると決めていたのだ。

「今日はお金がない。ノーマニーだよ！」

そう言いながら、華麗に彼女たちを抜き去っていく。

「ブーレイ、ブーレイ！（疲れてないよ！）」

たまに簡単な中国語も交えつつ、立ちんぼの群れを回避し、ようやく落ち着けると思った瞬間、後ろから大きな声が聞こえた。

「ねぇねぇ、無視しないでよ！」

流暢な日本語だった。

振り返ると、道端に座り込み、ふてくされている女のコがいた。頬を膨らませ、プンプン！とアピールしている。

ミニスカートで、クラブにいるようなギャルの服装だ。

まだ20代前半だと思われるが、一体、彼女は何をしているのだろう。酔っ払って、クラブ帰りに歩くのが面倒になったとか？

とにかく、街灯が薄暗く顔も判別できないので近づいてみると、あどけない雰囲気だが……顔立ちはメチャクチャ美人。女優の北川景子を彷彿とさせる。

しかし、なぜ私に声をかけてきたのか。

「えーと、どうしたの？」

「お兄さん、暇なら一緒に遊ぼうよ」

立ちんぼならぬ〝座りんぼ〟（笑）？　いや、もしかして逆ナン？

幸い、ラブホも近くにある。思わぬ形で日本人ギャルをお持ち帰りでさるぞ〜。

座っている彼女の正面に立つと、スカートの隙間から純白のパンティーがチラ見えした。思わず、脳裏にエッチな妄想がよぎる……。

「いいよ！ キミ、カワウィーね！」

私は彼女の手を引き、立ち上がらせた。

「ワタシはマイ（仮名）、よろしくね！」

こんな可愛いコからの、遊びの誘いを断る理由はない。また、彼女がなぜ中国人立ちんぼエリアにいたのかも、とてつもなく気になった。そのナゾをこれから少しずつ紐解いていこうじゃないか！

「キミ、日本人だよね？」

「そうだよ～」

「それで、どこに行こっか？（ラブホ希望！）」

「んーと、いいからこっちこっち！」

「（彼女はどういうつもりだろう？ でも、まあいいか）じゃあ、まかせるよ！」

## ナゾのマンションにて

彼女に先導されて5分ほど歩くと、静寂に包まれたエリアに入り、人気の全く感じ

られない場所に建つマンションに到着した。い、いきなり彼女の家……!?

階段で2階に上がり、奥へと突き進む。ちなみにその間……私は北川景子似のマイちゃんとお手々を繋いでいた（ニンマリ）。もちろん、それだけで私の股間はこれでもかとばかりに膨れ上がっている。

「ここだよ～ん」

扉の前で立ち止まったとき、私は目を疑った。なんと表札には、〝○○中国按摩店〟と書かれていたのだ！

まあ、よくよく考えれば、ブサイクな私が逆ナンなどされるはずがない。

「あー、なるほどね……（結局中国マッサージ店じゃねぇか）」

「さあさあ、早く入って！」

なんだか腑に落ちない部分はあるが、マイちゃんが北川景子にクリソツなことは事実。（チンコの）収まりどころは、彼女のアソコしかない！

というワケで、彼女に促されるまま、室内に入った。照明は薄暗く、カーテンで仕切られたベッドが4つ。その中で、最も奥にあるベッドに導かれた。

まずはベッドに腰かけ、気になっていたことを聞いてみる。

「んで、マイちゃんは日本人なのに、なんで中国マッサージ店？」

「お母さんが中国人でハーフなの。この店は、親戚がやってるからお手伝い」

「ちなみにおいくら？」

「60分1万5000円だよ」

「へー（高いなぁ……でも、本番アリならそのぐらいか）」

「じゃあ、裸になってうつ伏せね♪」

マイちゃんが見守る中で、私はギンギンの股間をさらけ出した。さあ、見るがよい！

「ウフフ……」

彼女は微笑むと、うつ伏せになった私の背中に跨り、早速マッサージを開始した。

しかしながら正直、ヘタクソだ。

だが、この際マッサージの腕はどうでもいい。彼女のお尻が背中に密着している。

それだけで十分じゃないか……。

そして、わずか5分程度で仰向けにさせられた。あまりの短さに驚いたが、この店はエロがメインだろうから、仰向けからが真骨頂のはず。垂直にそそり立ったチンコを見つめながら、マイちゃんが言う。

「ねえ、ヌキたい？」

「（きました！）モチのロンです！」

「じゃ、あと5000円ね♪」

「う、うん……（マジか。財布の中はギリギリだ……）」

さて、気を取り直して、北川景子似とセックスするぞー

マイちゃんは、私の太ももの上辺りに乗っかり、手でシコシコをスタート……したのはいいが、あまりにも高速過ぎる。バーテンダーがカクテルを振るスピード以上なのだ。これでは情緒もへったくれもない。

「ちょ、ストップ！」

2万円も支払うのに、このままではすぐにイッてしまう。まだ開始10分だ。コスパが悪過ぎる。

そこで、攻めに転じるべく、私がマイちゃんの胸を揉もうとしたときだった。

ペチンッ！

なぜか手を弾かれた……。

「えっ？」

「胸を触るのは5000円！」

これはどういうことか。もう、財布の中はカラッポなんですけど……。

私のテンションは次第にクールダウンしていく。

「あの……もう現金が……」

「大丈夫大丈夫！　カードも使えるよ！」

「いやー……でもさすがにねぇ」

「サービスで下着にもなるよ！」

「じゃあ、お願いします！（ここで股間が再燃）」

純白の下着姿になったマイちゃん。洋服を着ている状態では分からなかったが、思いがけぬロケットオッパイだった。くびれもキチンとある。

それを無我夢中で揉みまくると、彼女はやや吐息を荒くしながらも、キッチリとバーテンダー並の手コキをかましてくる。やはり早くイカせようとしているのか。

それを我慢しながら、私の手は逆に彼女のパンティーの中に攻め入った。すると、またしても……。

「これ以上は、あと5000円！」

ええっ？　私の股間は再びクールダウンした。

「……念のため確認だけど、〝これ以上〟って、もう最後までってことだよね？」

「そうだよ」

「本当なの？」

彼女を見つめながら言うと、目を潤ませながらこう返す。

「あ、お店には内緒だよ♪」

「よし、きた！（ここで股間が再燃）」

マイちゃんの下着を勢いよく剥がすと、意外とアソコは剛毛だった。でも、これで

心おきなく最後までイケる！

ところが、さあこれからというときに、マイちゃんは思い切り私の腹の上に乗ってきた。もちろん挿入はされていない。しかも、いわゆる騎乗位とは逆向きなので彼女の背中しか見ることはできない。

そして再び、必殺の高速手コキだ。

だが、ソープ並の3万円も支払って、フェラさえもなく、手コキだけで終わってしまうわけにはいかない。

「ちょ、マイちゃん……！」

どうにかしようと思ったが、酒を飲んでいるため、私はあまり力が入らない。

そうこうしているうちに、我慢汁が飛び散る。そして、不覚にも彼女の手コキにやられてしまったのだった……。

ヌキ終わるや否や、彼女はすぐに洋服を着た。

「ハイ。お会計よろしく♪」

クレジットカードを渡し、ベッドに全裸で残された私は、これ以上ないほどブルーになった。大損だ。

そして泣きたい気持ちを必死で堪えつつ、1人で深夜のカプセルホテルに向かったのだった……。

## もぬけの殻になっていたマンション

冷静に振り返ってみると、要するに、マイちゃんは〝タケノコ剥ぎ〟と呼ばれる手口のボッタクリ行為をする女性だったのだ。

数あるフーゾクにおいても、最低のコストパフォーマンスだ。手コキだけならば3000円程度で済ませられるこの時代、彼女は世の中のエロ紳士たちを侮辱している。

とはいえ、北川景子似のマイちゃんを相手に射精まで至ったことは事実なので、「完全に詐欺だ！」とも言い難く、モヤモヤする……。

むしろ、私が一番後悔したのは、クレジットカードで3万円を支払ってしまったことだ。スキミング（クレジットカードの情報を抜き出して、同じ情報を持つカードを複製する犯罪）されてないか心配だったのである。

そこで、私は当のマンションまで様子をうかがいに行ったのだが、2週間ばかりしか経っていないにもかかわらず、訪れた部屋はすでにもぬけの殻になっていたのだ！

私は急にコワくなってしまい、クレジットカードの料金明細が届くまでビクビクする毎日を過ごした。そして届いた明細を見ると、案の定そこには中国からの請求と書かれていた。

あとは金額だ。金額を上乗せされてボッタクられている可能性もある……。

だが、それは杞憂に終わり、結局、金額はサービス料なども含めて3万5000円程度になっていた。

それでも、もちろん私はカードをへし折り、早速解約の手続きをした。スキミングされていないとは限らないからだ。

読者の皆様も、北川景子似の美人に声をかけられたからといって簡単についていって行くと、ヒドい目に遭うかもしれませんよ。特に、安易にカードは使わないよう、くれぐれもご注意を……。

Vol.4

# フィリピンの裏射撃場に行ってみた！

近年、日本からもLCCが就航するようになり、航空券が往復3万円以下でも見つかるなど、値段的にもグッと距離が近づいたように思えるフィリピン。

フィリピンと言えば、セブやボラカイなどのリゾートをはじめ、家族連れやカップルにも人気が高い国。

一方、首都・マニラやアンヘレスは夜遊びスポットが充実しており、エロのテーマパークとして世界の変態紳士たちを集めている。

このように、観光客が多く訪れることから、この国は治安が良いと思っている人も少なくないようだが、実のところ、フィリピンの治安はアジアで最悪クラス。

フィリピンは完全な銃社会で、密造なども行われ、世界中のマフィアやアウトローへの供給元になっているとも言われているのだ。

そんな状況なので、一般人でもわずか数万円で銃を手に入れることができ、繁華街での発砲事件も後を絶たない。

実際、私が現地で出会ったフィリピン人（売春婦）から聞いたところによると、最安値では数千円で銃が売られており、暗殺は10万円程度でも請け負ってもらうことが可能とのこと。そのため、家族や友人が銃殺されたという人も珍しくないようだ。

ところで、日本人はフィリピンでも〝金持ち〟として認識されているので、得体のしれない輩につきまとわれることも多い（そのぶん、美人なオネーちゃんも近寄って

きやすいが）。

あまりにしつこくつきまとわれれば、頭に血が上り、相手をブン殴りたくなってしまうかもしれない。

だが、前述のようにフィリピンは銃社会。たとえ、見た目が貧弱なチンピラが相手でも侮ってはならない。下手をすると、一瞬にしてズドンだ。

そして私自身、フィリピンで、銃に関連したコワい思いをしたことがある……。

## 怪しいオッサンに連れられて

私はフィリピンが大好きで、20代前半の頃は足繁く通い詰めていた。行き先は基本的に首都・マニラ。

その理由は、冒頭で記した通りムフフなスポットが死ぬほど楽しめるからだ。正直、今でもリゾートなどには全く興味が持てない（笑）。

朝はエロマッサージ屋で準備体操、昼は出会い系カフェで英気を養い、夜はディスコやカラオケ屋で本番。要するに、昼夜を問わずハッスル、ハッスル！

しかしながら、滞在して1週間もすると、楽しいだけではなくなってくる。

フィリピンのオネーちゃんたちは非常に嫉妬深く、〝人間関係〟が構築され始めると、

若干、煩わしくなる部分もある（この気持ち分かりますよね？）。

また、マニラではチンピラから意味不明なことでイチャモンをつけられたり、お金を巻き上げられそうにもなることもしばしばだ。

バックパッカーとして各国を旅した経験上、観光客が多い場所には比例して性悪な人間も増えるものだが、それはマニラにおいても例外ではないのである。

そんな日々に少し嫌気がさしてきた私は、たまにはフツーの観光もしてみようと思い、動物園に行ってみることにした。私が夜遊びの拠点にしているエルミタ地区から遠くない位置に、動物園があることを知ったのだ。

早速、トライシクル（サイドカーつきのバイクタクシー）に乗り込んで、「マニラ動物園まで」と告げる。

運転手のオッサンが勢いよく海岸沿いの大通りを飛ばすと、トライシクルは車体が小さいので揺れまくる。事故を起こしそうで不安だが、それでも潮風が心地いい。

ここで私は、トライシクルに乗る際、金額交渉をしていなかったことに気がついた。海外でタクシーなどに乗るときには、事前交渉をするのが常識だ。後からどれだけボラれるか分からないからである。初歩的なミスを犯してしまったようだ。

サイドカーから、恐る恐る聞いてみる。

「ところで、いくら？」

「100ペソ（約260円）」

「高過ぎるだろ？」

「ノー、100ペソ」

オッサンは無愛想に言うだけだった。どうやら交渉の余地はないらしい。距離を考えても、確実にボラれているだろう。そうこうしているうちに、動物園に到着してしまった。

「サンキュー」

私はそう言いながら、さり気なく70ペソを渡してみると、案の定簡単にバレ、ブチ切れられてしまった（まあ、我ながら最低な行為だが……）。

「お前、クレイジーか？」

「ゴメンゴメン」

残りの30ペソを渡すと、オッサンは舌打ちをしながら走り去っていったのだが、その後、私は無性に腹が立ってきた。こっちがボラれたのに、なぜ謝らなければいけないんだ？

しかし、動物園に入ってノンビリした時間を過ごすと、ようやく腹の虫が収まってきた。園内では小さな子どもたちが走り回り、池の手漕ぎボートではカップルがデートを楽しんでいる。そんな中でイライラしていても仕方ないではないか。

すっかりリフレッシュしたので、定宿に戻るため、近くで昼寝をしていたトライシクルのオッサンに声をかける。もちろん、今度は事前交渉も忘れない。

「50ペソでエルミタまで」

オッサンは寝ぼけ眼で私を一瞥すると、「オーケー」とだけ言い、トライシクルに乗るよう促した。

オッサンが走ったのは、行きとは別のルートだったが、私はこの辺りの道に詳しくないので、オッサンに任せていた。

しかし、どうも方角がまるで違っている気がする。動物園からエルミタまでは、基本的に海岸沿いの大通りを真っ直ぐ行けばいいだけのはずだが、やたらと小さな路地などを通るのだ。もはやどこにいるのか分からない状態。

不安になり、オッサンに声をかける。

「本当に道は合っているのか？」

「ああ、面白いところに連れて行ってやる」

「は？　ノー。ノーサンキュー！」

「どうせヒマだろう？　オレが遊び場をガイドしてやる」

オッサンはそう言うと、フツーの住宅街のような場所でバイクを停め、1軒の家の扉を開けると、私に入るよう指示してきた。

私は警戒しながら中を覗いて見たが、非常に薄暗いので、どうなっているのかまるで分からない。ハッキリ言って、ヤバそうな空気を感じる。

しかし、私の悪いクセで、だからこそ面白そうだと思ってしまったのだった……。

## 住宅街の射撃場

私が家の中に入ると、トライシクルのオッサンはガチャリと扉を閉めた。

内部は、コンクリートを雑にペンキで塗っただけの無機質な空間で、不気味な雰囲気が漂っている。

どうやら何かの店のようで、店主とおぼしき男がいるが、私は、店内のカウンターを見て、思わず「あっ！」と声を上げてしまった。

なぜなら、カウンターに並んでいたのは、なんと拳銃の数々だったのだ！

「ガンシューティングをやっていきなさい」

店主がウサン臭い笑顔を浮かべて言う。

カウンターの先には、射撃のターゲットの紙がブラ下がっている。だが、店内は非常に狭いので、カウンターからターゲットまで5メートルぐらいの距離しかない。

フィリピンの各地には、政府公認の実弾射撃場もあるが、ここは単なる住宅街。お

そらく、非公認の〝裏射撃場〟なのだろう。

こんな怪しい店で遊ぶのも危険だし、私はミリタリーマニアではなく、拳銃や射撃にも興味はない。

「今日はヤメておくよ」

急いで外に出ようとすると、トライシクルのオッサンが扉の前に立ち塞がり、私を強く押し戻した。

「帰るって言ってるだろ！」

そう言い、私が店主のほうを振り返ると、彼はまるでオモチャのように拳銃を手で弄びながら言った。

「まぁまぁ、ゆっくりしていきなよ……」

彼らは何かを企んでいるに違いない。要するに、トライシクルのオッサンと店主は最初からグルだったのだ！　まんまと罠に飛び込んでしまったことが悔やまれる……。

しかも、私は今どこにいるのかも分からない状態。外に飛び出しても、逃げ切れるかどうかは微妙だ。

そして何より、店主の手には銃がある。撃たれてはたまらない。私はとりあえず平静を装い、店内を見回しながら言ってみた。

「いい店だね。拳銃なんて初めて見たよ……」

ついでに写真も撮る。射撃場にしてはかなりショボい設備だ。

「ガンシューティングはいくら？」

「5000ペソ（約1万3000円）だ」

相場は知らないが、物価を考えれば非常に高い。安ければ遊んでサッサと帰るのも手だが、やりたくもない射撃にそんな大金はどうしても支払いたくない。

「5000ペソ？　そんなお金は持ってないよ」

「ウソをつくな！　そのくらいあるだろ！」

トライシクルのオッサンが余計な口を挟んできた。元を辿れば、コイツのせいなのだ。早く帰してしまいたい。

「あのー、もうアンタの役目は終わったから、帰ってくれないか？」

そう言いながら、私は約束していた運賃の50ペソを渡した。目的地が全く違うので、本当なら一銭も払いたくないところだ。

「ダメだ。少ない。ガイディングチャージとして500ペソよこせ！」

「ハァ……？（プチーン）」

完全にナメられている。私は、目の前のオッサンを突き飛ばしそうになったが、すんでのところでそれは思いとどまった。店主が相変わらず不気味な笑みを浮かべながら拳銃を手にしていることに気づき、スーッと血の気が引いたのだ。

## 必殺アイテムを使って逃亡

邦人が銃殺される事件は、マニラでもたびたび起きているが、私はニュースに出たくない。もはや、この場所から一刻も早く抜け出したいと思っていると、トライシクルのオッサンはさらに驚くべきことを口にしてきた。

「500ペソ払わないなら、ポリスを呼ぶぞ?」

ポリス? ボッタクリをしようとしている輩が何を言う……。

「ポリスが来て面倒になるのはそっちじゃないのか? ポリスは日本人である私の味方をするだろう」

「それならば、ポリスではなくマフィアのフレンズをここに大勢呼ぼうか?」

「ぐっ……」

フィリピンでは、このように〝マフィア〟の看板を盾にチンピラから脅されることがあるが、そのほとんどが明らかにハッタリだと思われたので、私はこれまでスルーしてきた。

しかし、この状況で本当にマフィアが現れてしまえば、かなりヤバいことになるだろう。

私が押し黙っていると、裏射撃場の店主が言った。

「何も問題はない。ガンシューティングをやっていけばいいだけさ……」

「いくらだ？」

「だから、５０００ペソだ」

やはり値段は変わらないようだ。私は、意を決してカバンからルイ・ヴィトンのサイフを取り出した。彼らの目がキラリと輝く。

「これはプレゼントだ……」

ギッシリと紙幣が詰まったそのサイフをカウンターに置く。すると、彼らは満面の笑みを浮かべながら、サイフを吟味し始めた。

一方私は、次の瞬間店の外に飛び出し、無我夢中でダッシュ！

そして、近くにいたトライシクルに駆け寄り、運転手に１００ペソを握らせて「エルミタまで！」と叫んだ。

こうして、なんとか私は裏射撃場を脱出したのである。

ちなみに、紙幣の束は枚数こそ多いものの合計としては５００ペソ程度。また、ルイ・ヴィトンのサイフを置いてきたわけだが、これはかつて、ミャンマーでわずか5ドルで購入したニセモノ。こういうときに備えて用意しておいた必殺アイテムなのである（オネーちゃんにモテるためでもあるが）。

この経験を通じ、フィリピンは身近に銃が存在する国だということを改めて実感し

た。ただし、裏射撃場の中に入りさえしなければ、ここまでコワい思いはしなかったはずだ。

今回のように、海外で自らトラブルに首を突っ込むようなマネは厳禁である（でも私はまたやるんだろうな……）。

## Vol.5

# 「脱がせ屋」をやってみた！

私は、プロのＡＶ女優もフーゾク嬢も大好きだが、それでもやはり、一番興奮するのは素人の女のコ。

特に、付き合ったコのカラダを初めて見る瞬間はたまらない。

彼女たちはあくまでフツーのコ。売れっ子ＡＶ女優のように均整の取れたカラダをしているわけでもなく、フーゾク嬢のように脱ぎ馴れているわけでもない。

そんな素人の子たちが、恥じらいながら脱ぐ瞬間が最高だと考えるエロ紳士たちは少なくないようで、ＡＶやエロ本でも、素人を脱がすという企画は頻繁に見られる。

しかし、こうした企画は〝ヤラセ〟も少なくなく、新人のＡＶ女優やソープ嬢を起用して、素人っぽく演技させているケースもある。

一方、私がかつて在籍していたエロ本の編集部は、とにかく〝ガチ〟が信条。

ゆえに、〝素人〟を謳う企画は、絶対に本当の素人を登場させていたのである。

## ナンパがライフワーク

私のエロ本出版社時代の日常については他項（７ページ「エロ本出版社に勤めてみた！」参照）で書いた通りだが、中でも、〝ライフワーク〟のようになっていたのが、街中でのナンパだ。

もちろん、趣味でやっているワケではない。誌面で、素人の女のコに下着（水着）姿やヌードになってもらうためのれっきとした仕事である。

とりわけ、ろくに編集スキルのない新人の頃は、雑誌編集者というよりナンパ師かキャッチが本業なんじゃないかと思うほど、毎日街に出て女のコに声をかけまくっていた。言い換えれば、「脱がせ屋」だ。

ちなみに、現在では条例も厳しく、街中で女のコに「脱いでください！」と声をかけまくるのは難しいかもしれないが、当時はもう少しユルかった。脱がせ屋にとっては活動しやすい時代だったのだ（笑）。

さて、そんな脱がせ屋の私がナンパをする際、重要視していたのはやはり女のコの〝素人っぽさ〟である。なぜなら、見るからに簡単に脱ぎそうなケバ過ぎるコだと、本当に素人であっても、読者から仕込みと思われてしまい、リアリティがないからだ。

したがって、できるだけフツーで可愛い女のコを選んで声をかける。

また、〝顔出し〟ができるかどうかも重要。当然ながら、誌面で顔出しができたほうが読者の興味を強くひくことができる（ズリネタとしても）。

しかし、やはり素人にとって顔出しのハードルは高く、下着や水着姿であってもなかなか了承は得られない。

その理由は、彼氏や友達、親などにバレたらマズいというのが主だ。

実際、エロ本の発売後、彼氏と名乗る男から編集部に苦情が入ることもよくあった。

「彼女のことが信じられなくなって別れたんだよ！　この責任を編集部はどう取ってくれるんだ!?」

同情はするが、私たちはもちろん無理矢理脱がせているわけではない。互いの合意のもと、対価を支払って脱いでもらっているのだ。責任を取れと言われても困る。

変わったところでは、こんな電話がかかってきたこともある。

「ボクの彼女がオタクの雑誌に掲載されているんだけど、プロフィールの『好きなプレイ』のところに『ＳＭ』って書かれていて……でも、一度もボクとはＳＭしたことがないんです。もしかして、彼女は誰かと浮気してるんでしょうか？　あと、彼女はＳなの？　Ｍなの？」

知りません（笑）。しかもこの男性、最終的には泣き出してしまい、人生相談になる始末。私はこのように説得した。

「エロ本で脱いじゃうぐらいですから、浮気している可能性もありますよね。でも、彼女が本当に好きなら浮気ぐらいでツベコベ言わず、彼女のすべてを受け入れ、ＳＭプレイもやってみたらどうでしょうか？　新しい世界が見えるかもしれませんよ」

すると、彼は納得してくれたようでそれ以降電話がかかってくることはなかった。

まあ、彼女を脱がせたのは他ならぬ私だったわけだが（笑）。

## 素人の女のコはいくらで脱ぐ？

ところで、素人女性は果たしていくらくらいで脱ぐものなのか？　というのは気になるところではないだろうか。

もちろん内容にもよるが、例えばハメ撮りまでしようと思えば、諭吉さんの2枚や3枚、簡単に飛ぶことは言うまでもないだろう。

だが、私がエロ本に携わっていたのは、すでに出版不況が始まっていた時代。予算も少なく、どちらかと言えば「低価格で下着まで」といった割とマイルドな方向で、さらに、顔出しができないコには数千円しか出してはならないという感じだった。

しかし、いくら顔が出ないからといって数千円で下着姿になり、雑誌に出る素人のコなどいるのか……？　いるんです！

「顔にモザイク入れちゃえば、絶対に誰だか分からないから大丈夫！」

そんな口説き文句で実際にオッケーが出てしまうことに私自身驚いていたが、女のコも千差万別。潜在的にエロに対する好奇心が強く、「雑誌に載る自分」のドキドキを楽しむコも世の中には少なくないのかもしれない。

看護師に保育士、アパレル関係、果ては公務員まで……様々なコが脱いでくれたことを思い出す。

まあ、もちろん彼女たちに「なぜオッケーしてくれたの？」と尋ねると、「わずかな金額でもお小遣いがほしいから」と、日本の不景気を感じさせる回答も多く返ってくるのだが……（苦笑）。

なお、ヌード（エッチなプレイはなし）であっても、大体は1万円かプラス数千円程度。オッパイだけなら7000円ほどでオッケーしてくれるコもいた。デフレ恐るべしである。

そしてある日、あまりのデフレっぷりに、素人は「いくらでどこまで脱がせられるのか」という企画を、編集部員総出で試してみようという話になった。

これは私にとって、百戦錬磨の先輩たちに混ざり、自分の実力を示すいい機会でもあった。

というのも、エロ本の編集者というと、キモオタみたいな男たちを想像されるかもしれないが、私の編集部の先輩たちは、プライベートのナンパでも結果を出し続けるようなイケメンの猛者揃い（私を除いて）。

これまでも、雑誌のネタに困ると自分のセフレを説得して誌面にブチ込んできたような人たちだ。

そんな先輩たちと素人低価格脱がせ対決——果たして、結果はどうなる（笑）？

## 繁華街は〝ハンター〟だらけ

企画は、編集部員それぞれが都内近郊の繁華街に散り、いくらでどこまで素人を脱がせられるかを試すという形になった。

私が担当することになったのは、普段あまり訪れることのない、繁華街と言えどややローカル感が漂う街。若者の数は多いが、容姿は洗練されていないコがほとんど。だからこそ、素人臭くて良いとも言えるが、ショッピングがメインのエリアだけに、なかなかハードルが高そうにも思えた。

人の数が増える夕方、ファッションビルの出口付近で私は女のコを待ち構えた。試しにテキトーなコに声をかけてみたが、完全に無視される。まあ、基本的にはナンパなど、ほとんどこんなものだ。

そんな中、とびきり可愛い女のコを発見！　これはなんとしてでも成功させようと近づき、「お姉さ……！」と、声をかけた瞬間、トントンと後ろから肩を叩かれた。

振り返ると、スーツ姿のコワモテの男が思いきり私を睨みつけていた。

「おい、ちょっと来いよ……」

彼は多分〝本職〟のスカウト。腕を掴まれて道の端に連れていかれる私。ヤバい……。

「お前、ここで何やってんだよ？」

こういう場合、下手な言い訳は無用だ。私は、エロ本出版社の名刺を差し出し、まずは丁寧に頭を下げた。

「あー、あのエロ本の出版社ね。知ってる。で、ここで何やってんの？」

「この地域で、誌面でモデルになれる素人の女のコを探していました」

「あのな、オレらはキッチリとショバ代を払ってやってるんだ」

「ハイ。えーと……この場所でやるのは今日だけですし、もしもご迷惑でしたら、すぐに撤収します」

「そうか。ていうか……お前、もしかしてあのエロ本の中で裸になったりしてるキ◯ガイみたいなアイツか？　意外とフツーなんだな」

なんと、スカウト氏は私が作っているエロ本の読者で、私が紙面でたびたびカラダを張っていることも知っていたのだ！　そうか、私はキ◯ガイに見えていたのか（笑）。

「まぁ、オレも読んでる雑誌だし、今日は大目に見る。ただ、オレらはショバ代を払ってるんだから、まずはオレらが声をかけて、お前が声をかけるのは、ダメだったコだけにしてくれ。あと、継続的にここでやるならショバ代を払ったほうが身のためだからな」

「分かりました。ありがとうございます。お世話になるのは本日だけですので、よろしくお願いします……」

このように、エリアによってその内容は違えども、繁華街には〝ルール〟が少なか

らずあるのだ。

若くて可愛い女のコが集まるような街は大体決まっているので、そこには多くのキャッチやスカウトが入り乱れている。

そして、〝本職〟の彼らはショバ代を払った上で権利を得て商売しているようだが、カタギの我々はそうもいかない。トラブルを避けて共存していくために、優先順位を意識する必要がある。

こうして、私はスカウト氏が声をかけて失敗したコに声をかけることになったのだが、それでも、都内を代表する大繁華街でキャッチをするよりも感触は悪くなかった！

ローカル感漂うエリアでは珍しい「雑誌モデル」のスカウトだったことが功を奏し、とりあえず話は聞いてくれるのだ（エロ本とはいえ「雑誌モデル」には違いない）。

まあ、内容の詳細を伝えると逃げられるパターンが大半なのだが（笑）。

私は数時間、「オッパイ見せてください！」のナンパを続けてみたが、なかなかオッケーしてくれるコに出会えない。

そのため、少しハードルを下げることにした。「下着モデルになってください！」という条件でとりあえず撮影までもっていき、ラブホ（撮影場所）に入り、ジックリと交渉してあわよくば脱いでもらおうという作戦だ。

作戦変更直後、意外なほどにアッサリと1人の女のコからオッケーが出た。彼女の

名はAちゃん。ファッションビルに入っているショップの店員だという。

「撮影ってどのぐらいで終わります？」

「んー、1時間ぐらいかな。時給に換算するとショップのバイトよりオインイよ」

「それならやります。下着だけですよね？」

「もちろん！（頑張って交渉するけどね）」

## 「下着だけ」のはずが……

こうして、私とAちゃんは近くのラブホに入った。まずは、リラックスするために軽く雑談。そして、頃合いを見計らって撮影を開始する。

「じゃあ、少しずつ脱いでみようか……」

素人だけあって、やはり恥じらいがある。洋服をゆっくりと1枚ずつ脱いでいくAちゃん。下着姿になったところで、簡単なポーズをとってもらう。

私はパシャパシャとカメラで撮りながら、ベタだが「メッチャ綺麗だね！」などという言葉をかける。

女のコは不思議だ。最初はあんなに恥ずかしがっていたのに、褒めながら撮っていると、次第にノッてくるのだ。

ちなみに、部屋の暖房はマックスの高温に設定してある。寒いと気分が盛り上がらず、暑いほうが開放的になり、自然と脱ぎやすくなるからだ（夏はワンノイトラブがしやすくなるのと一緒の理論）。

大体、下着姿だけだと15分もあれば撮り終えてしまうが、どうやらAちゃんは、もっと撮られていたいという意識が芽生えている様子。私は、意を決して言った。

「ブラジャーもとってくれたら、プラス３０００円払うよ！」

「うーん……分かった！」

オッパイまで出てしまえば、完全にこちらのペースだ。私はAちゃんの乳首をベタ褒めしてみて反応をうかがった。セクハラにもとられかねない発言だが、嫌がられなければ、もう少しイケる可能性が出てくる。

そして、Aちゃんがまんざらでもない様子だったので、私はたたみかけてみた。

「次はパンティーもいってみようか……。合計で諭吉を出すから」

この段階までくれば、相手と心を通わせ、シンクロすることが大事だ。女のコが脱いでいるのに、コチラが完全に洋服を着たままでは不自然。さり気なく自分もパンツ一丁になっておき、モッコリをアピールしておくことが肝要だ（笑）。

すると、Aちゃんはゆっくりとパンティーを脱いだ。１万円でオールヌードなら上出来だ。ミッションは果たせたと言えるだろう。

さて、パンティーを脱いだ彼女のアソコを見てみると……なんと、グッチョリと濡れているではないか！

ただし、こちらから手を出したり口説くことは絶対にしない。後でトラブルになりかねないからだ。

しかし、ベッドの上で彼女に跨りながら私が撮影をしていると、なんとAちゃんのほうから私のパンツを引きずり下ろし、チンコをシコシコからのフェラーリ。

「もう我慢できないの……エッチしよ」

お願いされたのなら仕方ない（笑）。こうして私は、1万円ポッキリでヌード撮影を成功させたうえ、セックスまでヤレてしまったのだった。

ちなみに、セックスはともかく、他のエリアでいくらでどこまで脱がせるか企画に参加した編集部員のほとんどが、大体諭吉さん1枚で、オールヌード撮影に成功していた。彼女のいる世の男性諸君が、ハラハラしてしまう結果かもしれない。

ただ、これはあくまで2008年頃の話。現在は何かと厳しい時代なので、キャッチすら思うようにできない状態だが、あれから不景気が加速しているのか、それともアベノミクス効果が出ているのかが気になる。

誰か捕まる覚悟で「いくらで素人は脱いでくれるか」を、繁華街で調査してきてくれないものだろうか（笑）。

Vol.6

# ナゾの芸能事務所に所属してみた！

ここに告白します。

私は、元芸能人でした！

とはいえ、代表作は何かと聞かれれば……返答に窮してしまう、というか、そんなものはない（汗）。

さて、芸能人と呼ばれる人の条件として、ごく一部を除き、テレビや雑誌に登場するタレントやモデルのほとんどが、「芸能事務所」と呼ばれる会社に所属している。

そして、後の出版社での編集者としての実務経験も踏まえて言うと、大なり小なり数え切れないほどの事務所が日本には存在し、事務所のプッシュなしには、たとえ本人に素質があろうとも、メディアで活躍することは基本的に難しいと思われる。

その一方で、所属タレントを売り出す気などサラサラなく、それどころか、彼らの純粋な夢を逆手にとって食い物にしようとしている芸能事務所も少なからず存在する。明日のスターを夢見る若者たちは掃いて捨てるほどいるからだ。

結論から述べると、私自身、後者のような芸能事務所に所属してしまったばかりに、ほとんどそれらしい活動もしないまま、夢破れることとなったのである（もし強力な芸能事務所に入っていたら成功していたのかと聞かれれば、もちろんそうとは限らないが……）。

いずれにせよ、芸能事務所は夢追う若者のためのボランティア組織ではなく、あく

までビジネスを行う会社なのである。

芸能界でタレントやモデルが活動していくためには、確かに大きな資金を要する。若者の夢を応援したい、などといった善意だけでは事務所が成り立たないことも事実だ。

裏を返せば、芸能事務所には一部のスターが所属する一方、そうした人たちを売り出すための貴重な資金源として、骨の髄までしゃぶられる不運な若者も多く存在しているということ。

テレビや雑誌で活躍しているひと握りの人間は、素質や幸運にも恵まれ、多くの屍の上に立っている、まさに〝勝ち組〟なのだ。

そしてここでは、通常あまりフィーチャーされることのない、夢破れた〝屍〟の1人とも言える（苦笑）、私の芸能事務所所属体験を記したい。

## 下北沢でスカウトされる

大学生の頃のある時期、私は毎日のように下北沢をブラブラしていた。今風に言えば、〝サブカル男子〟を気取っていたのかもしれない（笑）。

下北沢はいわゆる繁華街というより、ライブハウスや劇場、古着屋などのマニアッ

クな店が乱立し、将来ミュージシャンや俳優、タレントとして成功を目指す、どこか夢見がちで個性的な人間が集まる場所だ。

「いつかビッグになってやる！」

そんな何の根拠もないセリフが、下北沢中の安居酒屋で毎晩のように飛び交っているのだ。

かく言う私自身、学生時代はそういった部類。実際にギターもかじっており、バンドの一員としてライブハウスに出演することもあった。

そんな私に、ある日突然チャンスが訪れた。

雑貨屋やカフェが並ぶ下北沢の商店街をギター片手に歩いていると、見知らぬ男性が駆け寄ってきた。

「ハァハァ、スミマセン、今大丈夫ですか？」

「な、なんですか……？」

「あの……芸能界って興味ありますか？」

どうやらスカウトのようだ。男性はスーツを着ているが、どこかウサン臭い感じもする。

もしかすると、私のバンドをライブハウスで見たことのある音楽プロデューサーでは……？　と期待したが、そうではないようだ。

目の前に差し出された名刺には、「A」という社名と、〝新人開発部・マネージャー〟的な肩書きと共に彼の名前（B）が書かれていた。社名は聞いたこともない……。

それでも、芸能界にうっすらと興味を抱いていた私は、Bさんの話を聞くことにしたのだが、自分の顔面偏差値くらいはどんなに良く見積もっても平均以下だと理解している。いくらなんでも、顔で勝負することはできないだろう。

「いやー、でもボクはブサイクなんで（笑）」

「関係ありませんよ。芸能界ではいろいろなニーズがありますから。テレビに出ているタレントが必ずしもイケメンというワケでもないでしょう？　それよりも、あなたの持っている雰囲気というか、オーラに魅入ってしまいました」

「あ、ありがとうございます……」

今まで自分では気づかなかったが、私は芸能人オーラが出ちゃっていたんだ（驚）。

そこまで言われると、悪い気はしない。

「すでにどこかの事務所には入られていますか？」

「いいえ」

「もったいないですね。それならば一緒に頑張りませんか？　有名になれば、音楽でCDなんかも出せるかもしれませんよ」

こ、これは人生の転機となるキッカケなのかもしれない！　私は、テレビや雑誌で

活躍する自分の姿を想像した……。

「もしも本気でしたら、事務所で面接をしますので名刺の番号に連絡をください」

そう言うと、スカウトのBさんは足早に去っていった。

## ついに芸能人の一員に？

後日、私は都内にある芸能事務所「A」に向かっていた。

あれから1週間も経っていないが、自分の可能性を信じてみようと、腹を括ったのだ。面接のために美容院で髪型も整えてきた。

名刺に書かれた住所の雑居ビルに入ると、若い男女が頻繁に行き交っていた。所属タレントかもしれない。

事務所の入り口には、様々なテレビ番組のポスターが貼られている。

緊張しながら扉を開けると、中は意外にも小綺麗で、ひっきりなしに電話が鳴り響いている。まさにオフィスそのものといった感じだ。

なんだか場違いな気もして入り口付近で佇んでいると、スカウトしてくれたBさんが私に気づき、声をかけてきた。

「どうも、こんにちは」

「よろしくお願いします！」

　私はハキハキと答えた。

「それじゃ、面接しましょうか」

　テーブル席が並んだオフィス内の一角に案内されると、まずは壁の前で立つように指示された。そして、私の名前が書かれた紙を手に持たされ、バストアップ（上半身）の写真を撮られる。

　精一杯の笑顔を作ろうとしてみるが、慣れないので顔が引きつってしまう。しかし、これはどうやら重要な撮影ではないようだ。

「あ、これは顔と名前とプロフィールを一致させるための単なる確認用だから、そんなに緊張しなくていいよ」

　次に、席に着くように促され、Bさんが事務所の説明を始めた。

「ウチは芸能界でも実績のある事務所です。今もお茶の間を賑わせているタレント・Tさんが所属していました」

　そう言いながらファイルを開き写真を見せてくる。Tと言えば、国民的バラエティ番組の司会も担当する、芸能界の重鎮だ。

「す、凄いですね。Tさんは今も所属されているのですか？」

「若かりし頃、彼はここからキャリアをスタートさせたのです。その他、女優のNさ

んやグラビアアイドルのAさんなど、数え切れないほどのタレントが所属していました」

言葉尻が過去形なのが気になる……要するに、Tさんと同様、NさんもAさんも現在では所属していないということか。

「ところで、これを見てください」

Bさんが取り出したのは、分厚いタレント名鑑だった。

「テレビ業界の関係者が、キャスティングの際に参考にしています」

そこには、卒業アルバムのように何千人というタレントの顔写真とプロフィールが載っていた。

「藤山さんも、まずはこのタレント名鑑に載れるようにしていきましょう」

「ハイ、頑張ります！」

「それでは、この用紙に趣味や特技などを記入しておいてください。後ほど、声をかけますので……」

この日は〝面接〟と聞いていたので私は身構えていたのだが、肩透かしをくらってしまった。どちらかと言うと、簡単な説明会のような感じだ。

20分くらいしてBさんが戻ってくると、私が記入したプロフィールに目を通しながら言う。

「音楽やスポーツが得意なのですね。今後は、それを活かしていきましょう」

「分かりました」

「ところで……ウチが実績がある事務所だということは理解いただけたと思うのですが、所属するためには10万円ほどの登録料がかかります」

「ええっ!?（お金がかかるの!?）」

「芸能界で活躍したくありませんか？」

「まあ、そうですけど、お金がかかるとは……それに、少し高いかなと……」

「その理由は、センザイを作らなければいけないからです」

「センザイ？　洗剤ですか？」

「〝宣伝材料〟の略です。プロのカメラマンにスタジオで藤山さんを撮ってもらいます。その写真を使って公式のプロフィールを作り、私たちが各方面に売り出すときの資料にします。まあ、10万円は撮影代金だと思っていただければ」

「そうですか……」

　正直、学生の身分ということもあり、10万円はかなり大きかった。でも……このお金は、将来のための投資だと思えばいい。これからスターになって、取り返そう。

　こうして、私はバイト代からなけなしの10万円を支払うことに決めたのだった。

# 待てど暮らせど仕事が来ない

登録料を振り込んで数日後、私は、「A」を訪れた。今日はセンザイの撮影をするとのこと。

事務所の脇に、機材が設置されたスペースがあった。カメラマンが準備をしながら聞いてくる。

「もしかして、ちょっと緊張してる?」

「そうですね、初めてなので……」

「まあ大丈夫、大丈夫!」

ストロボに囲まれたイスに腰掛けると、撮影が始まった。

パシャパシャ、パシャ!

シャッター音と共にカメラが発光する。眩しい。

「目をつぶらないように注意してね～。……ハイ、オッケー!」

ん、終了?　わずか1分足らずだった。

10万円が1分か……なんとも言えない気分だが、とにかく、これで私の芸能生活がスタートするんだ!

撮影が終わると、Bさんからスケジュール帳を手渡された。

「これで君も芸能人です」

手帳の中には、一般的なマナーなどの注意事項（「大きな声で返事をしよう」など）や、主要なテレビ局の地図が記されていた。

このスケジュール帳が埋まるぐらいに頑張ろう……。

こうして、ついに私はタレントになった……はずだったのだが、待てど暮らせどBさんから仕事の連絡が来ない。

そんなに甘い世界でないことは分かっているものの、1ヶ月が過ぎても音沙汰がないのはどういうことか。

私は意を決し、Bさんに電話をかけてみることとした。

「あの～、藤山ですが、何か仕事はありませんか？」

「うーん……今は特にないんですよね。そうだ、〝顔出し〟でもしに事務所に来てみたら？」

「なんですか、それは？」

「マネージャーはボク以外にもいるから、顔をアピールするのと同時に、仕事がないか直接聞いてみるんだよ」

「分かりました！」

善は急げとばかりに事務所まで足を運ぶ。だが、着いてみるとスタッフは誰もが忙

しそうで、声をかけづらい雰囲気だ。

そこで、いったん自販機のある休憩室に逃れると、私と同年代ぐらいの男性たちがだべっていた。

おそらく、私同様「A」の所属タレントだと思われるが、全員、特にイケメンでもない（笑）。

そして、彼らの雑談に聞き耳をたてると、そのほとんどが愚痴だった。

「オレら、実際どうなんだろうな？」

「もうヤメようかな……」

私は、早くも不安になった。

だが、このまま終わってしまえば、10万円が無駄になってしまう。私は休憩室を飛び出すとテキトーなマネージャーを捕まえて声をかけた。

「あの……何か仕事ありませんか!?」

男性は、見定めるように私の全身を眺めた。

「そうだね……キミって、クラブとか行くの？」

「たまに行きます」

「じゃあ、ゴリゴリのBボーイの格好をして、○月□日△時、××でやる撮影に来て。ヨロシク！」

「あ、ありがとうございます！」

与えられたのは、とあるバラエティ番組のエキストラだった。それでも、初めて手にした芸能界の仕事に私は舞い上がった。

そして撮影当日。クラブのシチュエーションで、当時ブレイクしていたお笑い芸人・HがDJブースから出現するのだが、私は、そのフロアにいる少しガラの悪い一般客の1人という役。

バラエティ番組でも、キチンと大勢のエキストラを用意して大掛かりにやっているんだなあ……と感心する。

私が芸能人として初めて得たギャラは、手渡しで3000円だった。

## どんどんお金を取られるシステム

その後、何度かテレビ番組のエキストラの仕事をもらった。

しかし、どの仕事も似たり寄ったりで、基本的に通行人などの〝空気〟レベル。セリフや演技などもちろんなく、私じゃなくても全然成立しそうだ。

本来、私がやりたかったのはこんなことではない。もっとタレントらしい活動がしたい。

それに、このままエキストラを続けていたところで、次のステップにつながるはずもない。

しかも、テレビ番組の撮影は大体半日以上拘束されるにもかかわらず、どれもギャラは3000円程度。これでは、フツーにバイトをしていたほうがまだ稼げる。

私は、再びBさんに電話で相談してみた。

「あの～、エキストラ以外の仕事ってないんですか？　このままでは、いつまで経っても成長しない気がしまして……」

生意気かもしれないと思ったが、率直な気持ちだった。すると、Bさんからは意外な返事が。

「その向上心が大事です。それならば、養成所を紹介するからレッスンを受けてみませんか？」

「レッスン……ですか？」

「そうです。レッスンを受けて実力をつけてからでないと、正直、こちらも売り出すのが難しいんですよ」

まあ……確かに、その通りかもしれない。

「分かりました。受けます！」

ともあれ、これで次なるステップに進めるぞ、と意気込んだときだった。

「頑張ってください。で、養成所は1ヶ月5万円になります」

「月に……5万……？」

私は、すでに登録料で10万円も支払っている。

「……ちょっと考えます」

急にバカらしくなり電話を切った。私は金ヅルなのか？　そもそも、漠然と〝レッスン〟ってなんなんだよ（笑）？

私は、それ以降、「A」に連絡することはなかった。そしてもちろん、Bさんからの連絡もない。

こうして、私の屍のようなタレント活動は終わった。「A」の所属タレントの証であるスケジュール帳も、ほぼ真っ白のままだった。芸能界の厳しさ（？）を身をもって体験したホロ苦い思い出だ。

ちなみに、私が「A」に所属していたのは2003年頃の話だが、当の芸能事務所をネットで調べてみると、社名をコロコロ変更しながら、現在もなお営業を続けているようだ。

しかし、ホームページを見る限り、名前や顔が分かる有名なタレントなど、誰1人存在していない。

私が所属していた当時と変わらず、登録料やレッスン料の搾取で儲けるばかりで、

所属者を芸能人として売り出す力など持ち合わせていないのだろう。

いずれにしても、本気で芸能人になりたいのなら、それなりの事務所を選ぶべき。

もしも街中でスカウトされたりしたとしても、事前の事務所チェックは必ず怠るべからずだ。

Vol.7

# ブラジルパブでセクシー嬢とアフターしてみた！

フィリピンをはじめ、タイ、中国、ロシア……飲み屋街の一角に、昭和風の灼けたネオンと共に軒を連ねる外国人パブ。

外国人パブは、日本人嬢のキャバクラに比べて値段が安い（ワンセット3000円～程度）ことから、低賃金層のオッサンを中心に人気が高いジャンルである。

そして、海外旅行好きかつ貧乏な私も、異国情緒を味わうべく外国人パブに足繁く通っていた時期がある。

中でも、関東某所にある多国籍エリアの、とりわけブラジルパブにハマっていたのだが、その理由は、地球の裏側にある南米への憧れに他ならない。

南米はとにかく遠い。学生時代ならまだしも、社会人として働いている現在では南米を訪れる機会などそうそう作れない。そのため、ブラジルパブで我慢というワケだ。

また、南米系の女のコは得てしてモデル並にスタイルが抜群。さらにエキゾチックな顔立ちも私の好みだった。

もちろん、そんな彼女たちを一度でいいから抱いてみたい（笑）。

とはいえ、南米系の女のコがいるフーゾクなど日本では稀有。あることにはあるが、金額が高過ぎてなかなかハードルが高い。

そんな理由もあり、私はブラジルパブで〝ラッキーパンチ〟を狙っていたのだが、ある日、ついにチャンスが舞い込んできた……。

## 〝夜のツアーコンダクター〟太郎氏との出会い

その日は、旅仲間の友人・C君と共に、一晩で世界一周旅行を目指し、韓国・朝鮮系の延辺料理（中国と北朝鮮の国境付近の地方料理）を食べ、その後フィリピンやタイ、ロシアなど、各国のパブでワンセットずつ楽しんだ。

しかし、この段階でもまだ使ったお金は1万5000円程度。日本人嬢のキャバクラだったら一瞬で吹っ飛んでしまう金額で済んでいる。

時間は深夜3時。世界一周のシメとなる店を探し、繁華街の片隅をさまよっていると、いつの間にやら見知らぬオッサンが私たちの横にピッタリと張りついており、思わずギョッとしてしまう。

「オ、オジさん、どちら様ですか……？」

「ええ、ええ、私はこういうものです」

そう言いながら、オッサンは名刺を差し出してきた。ド真ん中に大きく「太郎（仮名）」と書かれており、その下に携帯番号が載っている。

注目すべきは太郎氏の肩書き部分。

〝夜のツアーコンダクター〟

「お兄さんたちがお探しのお店に、どこでも連れていって差し上げます」

太郎氏は私服姿だ。どうやらフリーランスの客引きらしい。その頭部はハゲ散らかっており、ヤニで黄ばんだ歯が笑うたびにお目見えした。

なんだか薄気味悪いが、この日の〝旅〟というテーマの夜遊びにおいては、彼の肩書きに惹かれるものがあった。

私もC君も、基本的にバックパッカースタイルで旅をしているが、たまにはツアーに参加してみるのもいいだろう（笑）。

「ボクたち、今ちょうど夜の世界旅行をしている最中なんですけど……どこか異国系で面白い店はありませんか？」

「それでしたら、中国はどうですか？」

「中国か……どんな店ですか？」

太郎氏が小声で答える。

「この辺りは、基本的に本番ができる店はソープ以外ありませんし、時間帯的にも閉まっています。でも、この店でしたら1万5000円で本番までイケますよ……」

「悪くないね。でも、オバさんばっかじゃないんですか？」

「そんなことありません。とりあえず、私についてきてみてください」

言われるがまま、太郎氏の後ろをついていくと、繁華街の中心部エリアにある、ホストクラブやキャバクラ店が多数入る小綺麗で大きなビル……の横にあるマンション

に到着した。

「え、こんなところにあるの？」

「実は、そうなんですよ」

この手の裏フーゾクは、大抵が繁華街の中心から少し離れたところにあるもの。それがまさか、繁華街のほぼド真ん中に存在するとは……。

店は、マンション1階の奥まった位置にあった。特に看板も掲げられていない扉の横にあるチャイムを太郎氏が押し、インターホン越しに店主らしき女性と会話をする。

「太郎です。お客様が2名いらっしゃいました。顔見せだけいいですか？」

ガチャリと扉が開くと、中国人のオバちゃんが出てきた。

「イラッシャイ」

そして、私たちを中に招き入れる。

中は非常に薄暗く、フツーのマンションの一部屋といった感じだ。一応、玄関が受付になっているようで、パイプ椅子が3席ほど置かれていた。室内は細かくカーテンで仕切られており、モソモソとした怪しい音が聞こえてくる。

「イマ、ヒトリしかアイテナイ。ナカ、セマイですから、ヒトリズツミニイッテ。カーテンシマッテルとこ、オキャクサンイル、ダメね」

意外なほど、店は繁盛している模様だ。

まずは私が部屋の奥を見にいってみると、センベイ布団が敷いてあり、そこには20代半ばくらいの中国人嬢がちょこんと座っていた。

私に気づいても全く表情を変えず、なんだか不気味な雰囲気だ。裏フーゾク店なので、働いている嬢もワケありなのだろうが、イマイチ気が乗らない。

「藤山くん、どうだった？」

「まぁ……見てきなよ」

続いて、C君が戻ってきたが、私と同じような感想のようで表情は冴えなかった。

それに、私たちのどちらか片方に待ち時間があるというのもマイナスポイントだ。

それを察したのか、受付で待っていた太郎氏も微妙なトーンで言う。

「うーん、あまり乗らない感じでしょうか？」

「そうですね……ここはまた今度にします」

こうして店を出た私たちだったが、このまま沈んでいても仕方がない。

そうだ！　ここはやはり大陸を移動して、ブラジルパブでスカッとするのはどうだろう。そう考えた私は、太郎氏に聞いてみた。

「南米大陸のラテン系なノリが楽しめるブラジルパブとかはありませんか？」

「ありますよ！」

太郎氏は待ってましたとばかりに大きな声を上げ、すぐに携帯電話で店に連絡を入

れてくれた。

「お兄さん、聞いてください！」

「ハ、ハイ？」

「通常は1時間5000円なんですけど、1000円割引です。というのも、今が4時過ぎなので、閉店まで1時間を切っているんです。とにかく急いでください！」

## ブラジル嬢からアフターの誘い

〝夜のツアーコンダクター〟太郎氏にお礼を告げ、私たちは案内されたブラジルパブに駆け込んだ。

ところで、ブラジルパブというとどんな空間なのか想像もつかない方も少なくないかもしれないが、実際のところ、多くは昭和のキャバレーのような雰囲気で、日本人店と比べて、大きく異なるわけではない（もちろん店にもよるだろうが）。

ただ、在籍している嬢はもちろんブラジルをはじめとする南米系。彼女たちはセクシーなドレスで着飾っており、これには私とC君のテンションも上がった。

席に着いた途端、ノリノリなBGMが流れ、ミラーボールが鮮やかに点灯した。その瞬間、店内の嬢と客のほとんどが席を離れ、中央のスペースで踊り始めた！

一方、初めて店を訪れた私たちがどうしたものかと思っていると、テーブルに2人の嬢が近寄ってきた。そして、「ダンスタイムよ！」と私たちの手を引いて、クネクネとカラダを揺らせた。

私は南米系の音楽やダンスには全然詳しくないが、とにかく美女との密着感に大興奮！　C君も楽しんでいる様子。

そして周りを見れば、千円札をチップにして嬢の胸の谷間に突っ込んでいるオッサンもいたりする。

こうして、ワケも分からぬままにとりあえず私たちは踊りまくったのだった。

その後、閉店まで時間がほとんどないということで、金額分の元を取るためにビールやウイスキーを胃の中に流し込む。酔っ払った勢いで嬢の太ももに手を置くが、嫌がる素振りはない。

それどころか、さり気なく私の首に向こうからキスをしてきたり……うん、非常に良い店だ（笑）。当然ながら、私の股間はグングン盛り上がっていた。

しかし、残念ながらあっと言う間に閉店時間の5時を迎えてしまい、BGMも止まった。

「キョウはオワリです」

私についていた嬢が言う。まだ、これからだというのに……。

だが、ここで奇跡が起きた。なんと、彼女が「マダ、アソビタリナイ？」と言いながら、携帯番号を書いた紙を私のポケットに突っ込んできたのだ。

「アトデね！」

こ、これは……アフターの誘い？

最後の最後まで、ブラジルパブの嬢たちはニコニコと微笑んでいてくれた。そしていったん店を出ると、C君が言ってきた。

「実はさ、女のコにアフター誘われちゃったんだけど」

「え、C君もなんだ？　とりあえず、ケー番に連絡してみる？」

……という私の返事を待たず、すでにCくんは電話をかけている（笑）。

「あ、もしもし。オッケー……オッケーオッケー、オッケー！」

彼はオッケーしか言っていないが、本当に大丈夫か？

「なんかね、あの女のコたち、A町に住んでるらしいのよ」

「え、A町？　遠くね？」

「んで、地元にまだやってるディスコがあるらしくて『一緒に行こう』だってさ！」

A町といえば現在地から車で1時間は要する外国人タウン。当然、足がないのでタクシーに乗ることになる。

しかし、南米美女とのチョメチョメを夢見ていた私にとって、これは千載一遇のチャ

ンス！

「よし、ディスコの後は彼女たちの家で乱交パーティといきますか（笑）！」

妄想を膨らませながら店の前で待つこと30分。私服姿に着替えた彼女たちがやってきた。

ドレスも良かったが、カジュアルなキャミソールにミニスカートという格好も南米系ナイスバディに映える。彼女たちはラテンのノリでホッペにキスをしてきた。最高だ！

だが、タクシーに乗る段階で気づいた。4人で乗るということは、後ろに3人、前に1人。つまり、どちらかがハーレム状態になる。公平にジャンケンをした結果、私が寂しく前の座席に座ることになった……（泣）。

「ゴホン、ゴホンッ！」

高速道路を飛ばしている最中、運転手が白々しく咳払いをする。それもそのはず、C君は酔っ払っていることもあり、セクハラモード全開。タクシーの車内にもかかわらず、彼女たちのオッパイをつついたりして遊んでいる。う、うらやましい……。

そんな悶々とした車内での時間を過ごし、いよいよA町に到着。しかし、時間はすでに朝7時前。何かと条例が厳しい時代、本当にまだディスコはやっているのか？

「ダイジョブよ、ワタシのトモダチ、ミンナ、ディスコいる。ショウカイスルわ」

そう言うブラジル嬢に促されてディスコに入ってみると、不安をよそに、大音量が鳴り響いていた！

フツーのサラリーマンなら、すでに起床して出社の準備をしているかもしれないが、私たちの夜はまだ終わっていない。むしろ、これからだ。さあ、レッツゴー！

## なぜか怪しいアラブ人軍団に遭遇

案内されたのは、なんとＶＩＰ席だったが……私たちの目の前では、ヒゲを蓄えた５人くらいのアラブ人っぽい男たちが、ソファーにドッシリと座り、シーシャ（水タバコ）をふかしていた。

「フジさん、Ｃさん、ショウカイスルわ、ワタシのダーリンよ」

紹介するって、女友達じゃなかったのか。アラブ系のダーリンを紹介されても、困るんですけど……（苦笑）。

そして、彼女たちはピッタリとアラブの男たちに寄り添った。

一方、私とＣ君は思わず顔を見合わせた。ここはディスコのＶＩＰ席だ。そして彼らの雰囲気からして、善良な人たちではないことは容易に予想できる。第一、マリファナらしき青臭い香りが漂いまくっているのだ。

すでに〝ドンギマリ〟なのか、気怠そうにして全く動かない男もいる。

先ほどまで大はしゃぎしていたC君は、我に返ったのか押し黙ってしまった。タクシーの車中でセクハラしまくっていたことを告げ口されたら、殺されるんじゃないか……そんな恐怖から青ざめている様子だ。

私は、C君に耳打ちした。

「なんか、ヤバいよね」

「ああ、タイミングを見て出よう……」

そのとき、男の1人が私たちに話しかけてきた。

「やあ、フレンズ。アッサラームアレイコム（アラビア語の挨拶）」

「ワアレイコムアッサラーム……（アラビア語の挨拶に対する返事。旅で覚えた）」

「まあ、座りたまえ」

「イエス……」

気が進まないが、気分を害してはいけないと思い、ソファーに腰かける。

「今日は〝上物〟が手に入ったんだ」

流暢な日本語で男は言った。その隣では、すでにブラジル嬢たちがマリファナを吸い始めている。

「このコたちが世話になったみたいだから、君たちにもご馳走してやろう……」

その真意は見えないが、ブラジルパブで、そしてタクシー内で私たちが彼のハニーであるブラジル嬢たちとイチャイチャしまくったことは事実である。

断ってもキメてもいいことはないだろうな……と、私が逡巡していると、突然C君が叫んだ。

「ノーノーノーノー、あー、あー、ボク、アレルギーなんだ！」

「アレルギー？」

「そう、アレルギー体質で、吸えないんだ。なので、ちょっとダンスフロアで踊ってきます！」

C君に合わせて、私も立ち上がる。

「では、後ほど！」

笑顔で挨拶をしてから、足早にVIP席から立ち去った。

正直、アレルギーの意味が全く分からない（笑）が、この際、VIP席を離れられればなんでもいい。

VIP席から出てきた私たちを見て、日本人の男性が声をかけてきた。どうやら彼は、このディスコの常連らしい。

「大丈夫だった？　彼らはこの辺りで力を持っているマフィアだよ。あまり関わり合いにならないほうがいいかもね……」

その後私とC君が、南米系の美女とヤルどころか、逃げるように帰ったことは言うまでもない。

私たちは一晩で、アジアから南米、そして中東までも旅してしまったようだ……。

Vol.8

# 某クリニックで股間の手術を受けてみた！

医師に見つめられながら、手術台の上でゆっくりとパンツを下ろすと、大きなスポットライトが私の股間を照らした。

恥ずかしいのと同時に、なんとも言えない不安感に襲われる。逃げ出したい気分だが、下半身丸出し状態ではどうしようもない（笑）。もう覚悟を決めよう。私のチンコは今、生まれ変わるのだ……。

さて、私はなぜこんなところにいるのか？

事の発端は、穢れなき青春時代まで遡る……。

## カリ裏の〝ツブツブ〟に悩まされた中学・高校時代

ソイツと出会ったのは、オナニーを覚えた中学生の頃。

当時の私はオナニーの快感をどうしたら増幅できるのか、日夜研究に励んでいた。ミミズのように床に這いつくばりながら股間を直に擦りつけてみたり、キンカンを塗ってスースーさせてみたり、スリコギのように両手で回転させてみたり……。

そのようにして、ガッチガチに膨張した股間をシコシコしながら新ワザの開発に取り組んでいたある日、仮性包茎で余り気味の包皮を、初めて全開までめくってみようと試みた。前人未到の新境地を開拓するような気分である。

ドキドキ、ワクワク、ペロリ……。

包皮に隠れていたカリ部分の裏辺りには、チンカスがギッチリと溜まっていた（うーん、汚い）ので、それをツメで丁寧に取り除こうとしたところ、なぜかわずかな痛みが走った！

「え……チ、チンカスが取れない？」

驚いてその物体を凝視したところ、私は一瞬にして青ざめた……。なんと、それはチンカスではなく、チンコから直接生えた無数の〝ツブツブ〟だったのである。

「こ、このツブツブは一体なんなんだ⁉」

1つ1つの大きさとしては、それぞれ1ミリにも満たないが、なんだか、見た目に違和感がある（汗）。

これはもしかして、性病ってヤツじゃ？　しかし、私はセックスなどしたことがない童貞なので、それはありえない。でも、もしかしたらオナニーのやり過ぎで雑菌が入ったのかも……。

などといろいろ思い悩んだものの結局答えは見つからず、さらにツブツブの場所が場所なので、誰にも相談できず、放置するしかなかった。

その後私は、オナニーもスランプ状態に陥った。どうしてもツブツブを見るたびにボルテージが下がってしまうのだ。私は、なるべく亀頭の包皮を剥かないようにして、

その存在を忘れるようにしていた……。

それから月日は流れ、男女がサルのようにヤリまくる高校時代を迎え、私と仲の良い友人たちもチラホラと童貞を捨て始めていた。

もちろん私も、1999年7月に人類が滅亡すると言われていた「ノストラダムスの大予言」までには、セックスをしたいと心から願っていた。

結局、99年7月には間に合わなかったが、地球は滅びることなく、私にも彼女ができた!

そしてついに、彼女を部屋に連れ込んだ日のこと。私は布団の中ですかさずコンドームを着用し、なるべく部屋を真っ暗にするなど、チンコのカリ裏を凝視されないように注意を払った(幸い、相手も経験が少なかったようでそれを望んでくれた)。

しかしながら、やはりどうしてもツブツブの存在が気になってしまい、当時の言い方でABCのB(↑死語?)、要するにペッティング止まり。ツブツブが脳裏によぎると、どうしてもチンコが萎縮してしまい、挿入することができないのだ。

普段は異常なまでに性欲があるにもかかわらず、いざセックスとなるとツブツブというコンプレックスのために、最後の最後で消極的になる。

その後、彼女にも愛想を尽かされ、私は男としての自信を完全に失っていったのだった……。

## 意を決してクリニックに電話

そもそも、男であれば誰しも、股間について悩みの1つや2つ持っているのがフツーかもしれない。

大きさや形状をはじめ、包茎やインポテンツ、さらに、日常的にフーゾクに通っている殿方であれば、性病のリスクなども……。

「自分のチンコは、健康で正常なのだろうか？」

とはいえ、他の悩みとは違い、股間の悩みは他人に打ち明けにくい。

仮に仲の良い友人が相手でも、内容が内容だけに笑われたりバカにされたりする可能性もあるし、「アイツのチンコは異常らしい」なんていう噂を広められては堪らない。

また、当時はインターネットもそこまで普及しておらず、チンコのツブツブに関してパソコンで調べてみようという発想もなかった。

私は結局、高校を卒業するまでツブツブの悩みを1人で抱え込んでいたのである。

しかし、そんな私に転機が訪れる。

高校の卒業祝いとして、私は両親と親族から合計10万円をゲットした。このお金でオシャレな洋服でも買い、華々しい大学デビューを飾ろうかなと、ファッション雑誌をパラパラとめくっていると、後ろのほうのページにある「包茎・性病クリニック」

の広告が目に留まったのだ。白衣を着た偉そうな医師の写真がこちらに微笑みかけている。

洋服を買って、どんなにモテたところで、セックスを躊躇していたらこれまでと何も変わらない。このままでは一生童貞で終わってしまうかもしれない。やっぱり、きちんとしたお医者さんに診てもらうべきだろう……。

ファッションのルックスよりも、股間のルックス。今の私にとって大事なことは、ツブツブの悩みを解決し、男としての自信を取り戻すことなのだ！

そう思い、複数の雑誌で、クリニックの広告をいくつか探してみると、中にはタレントや有名人を広告モデルに起用したものもあり、ユーモラスなキャッチコピーがついていたりする。

さらに内容を熟読してみると、亀頭のカリ裏にあるツブツブの悩みに関しても、いくつかのヒントが記されていた。

・亀頭のツブツブ除去・5万円～
・ウイルスの感染症であるコンジロームの可能性アリ

コンジロームというのは、どうやら性病の一種のようだ。これだったら嫌だな……

という不安に駆られながらも、5万円で忌まわしきツブツブとオサラバできるのかという希望も芽生えた。なにしろ私には現在、10万円の軍資金があるのだ。

しかし、やはり予約の電話をするのには勇気がいる。携帯を片手に、広告記事を目の前にしながら、私は1時間ぐらい葛藤していたかもしれない。

思い返せば、ツブツブの件で何年も悩み続けてきた。図工用のカッターで削ってみるとか、ツメ切りでバチンといっちゃうとか、いろいろと策を練ってみたが、どれも結局は無理で、自力では解決できないことを悟っていた。もはや、専門医に診てもらうしかないのだ。

じゃあ、電話をいつするか？　今でしょ！

私は、意を決してクリニックに電話をかけた。「全員男性スタッフで完全予約制の秘密厳守」という文言も背中を押してくれた。

プルルルル、ガチャ……。

「ハイ、○×クリニックです」

とても優しそうな男性の声だ。

「あ、あのー、性病の検査を受けてみたいのですが……」

「かしこまりました、では、日にちはいつになさいますか？」

こうして、意外なほどアッサリと受診日は決まったのだった。

## チンコ丸出しでローンを組む

○×クリニックは、とある繁華街の外れに位置する、雑居ビルの中にあるという。
到着してみると、病院など入っていそうもない小汚い雰囲気の雑居ビルだった。

しかしながら、郵便ポストの表札にはクリニック名が書かれているので、確かにここで間違いなさそうだ。

エレベーターの扉が開くと、そこはもうクリニックの院内だった。ボロいビルとは対照的に、なかなか小綺麗な内装で、新しい歯医者のような雰囲気。

また、完全予約制だけあって待合室にはソファーが数脚しかないうえ、つい立てで区切られているので、それぞれの客が顔を合わせることはない。プライバシーが守られるよう徹底しているのだろう。

受付で名前と予約した旨を私が伝えるとソファーに案内され、テーブル越しの向かいには男性スタッフが座った。

「本日は、性病の検査を受けに来られたんですよね？　まずはこちらへの記入をお願いいたします」

そうして、問診票のようなアンケートを手渡された。内容は、主に以下のような感じだ。

・どのような症状でいつ頃から？
・最近フーゾクに行ったか？
・彼女や妻の有無
・不特定多数と性行為をしたか？（オーラルセックスを含む）
・疑わしき行為からどのぐらい日数が経過しているか？

などなど。すでに述べた通り当時はまだ童貞で彼女にもフラれ、フーゾクにも行ったことはなかったので、セックス関連の項目には当てはまらないが、チンコにナゾのツブツブがあることは事実だ。

私は、ツブツブが気になるということを記入欄の冒頭部分に記し、それ以降の項目はNOにした問診票を男性スタッフに渡した。

「なるほど……。特に、性行為はされていないのですね。まあ、とりあえず先生に診てもらいましょう。もう少々ここでお待ちください」

病院の待合室というのは、いくつになっても緊張する。私は小さい頃から歯医者が嫌いだった。これから痛い思いをすることが分かっているからだ。それが、股間のクリニックともなれば尚更である。

それから2~3分ほどして、私の名が呼ばれた。不安と緊張が入り混じる複雑な感情を覚えながら診察室の扉を開けて、私は目を疑った。

部屋の中央には大きなベッドが鎮座。周囲にはいかつい機材が並び、まさに〝オペ〟の準備万端といった様相！

さすが、股間の手術で有名なクリニック……。私は、先生に促されるままベッドで仰向けになった。

「それじゃ、早速、パンツを脱いでチンチンを見せてください」

いきなりのことで不安になったと同時に、お医者さんも男性器のことを「チンチン」って呼ぶんだな……というどうでもいいことに驚いた（笑）。

私は、先生の顔色をうかがおうとしたが、マスクをしているためどんな表情なのか全く分からない。しかし、その目はいたって真剣だ。

私は、もちろん今までツブツブを他人に見せたことはなく、自分でもここ数年は見ないようにしてきたため、どうなっているのか分からない状況だ。何年も放置してきた結果、最悪の状態になっている可能性もある。

とはいえ、それでも前に進まなければ、今日ここに来た意味がない。私は意を決し、深呼吸をしてから、ゆっくりとパンツを下ろした。

緊張で萎縮した股間を、スポットライトが煌々と照らす。恥ずかしい……。

そんな私の気持ちとは裏腹に、先生はビニールの手袋をした手でチンコをつまむと、淡々とカリ部分を探っていった。男にチンコを触られる感覚が気持ち悪い。

そして先生は、ツブツブを見ながら、なにやらブツブツと呟いている。

「ハイハイ……そういうことね」

「あの、やっぱりボクは性病なのでしょうか……？」

私が聞くと、先生はチンコを見つめたままこう言った。

「これは、赤ちゃんのチンチンですね」

「あ、赤ちゃんのチンチン!?」

衝撃的なセリフに面食らいながらも、その意味を尋ねてみる。

「一体、どういうことですか……？」

「キミはまだ若いからね。チンチンは20代の後半まで成長を続けるんだけど、このツブツブは若い人で仮性包茎の場合にありがちなの。普段、カリが皮を被っちゃってるぶん、先っぽよりも成長が遅れちゃってますね。それで、カリの毛穴に脂肪が溜まってツブ状になってるわけです」

先生はギロリとこちらに目をやり、そう説明してくれたのだが、なんだか分かったような分からないような……。

「要するに、性病ではないってことで大丈夫ですか？」

「ええ。日本人の場合は仮性包茎がとても多いので、結構みんなあるんですよ」

やった！　性病じゃなかったんだ!!　私は一気に晴れやかな気分になった。

性病ではないことが分かった以上、もはやできるだけ早く帰りたかったが、先生はそんな私に対しこう言った。

「ただし、まだ喜んではいけませんよ」

「え、何か問題があるんですか……？」

「成長して大人になるにつれて、ツブツブは目立たなくなっていくこともありますが、キミの場合、結構な量がありますす」

「でも、病気じゃないから放置しておいても別に構わないんですよね？」

「ええ。もちろんです。ただ、見た目があまりよろしくないので、女のコによってはビックリしてしまうかもしれません」

確かにそれはそうかもしれない。私は今後、女のコと快適なセックスライフを送りたいのだ。チンコを見た女のコたちに逃げ出されては困る。私は再び地獄に突き落とされた気分になってしまった。

「じ、じゃあどうすれば……？」

「この機会に、ツブツブを除去してしまうのはどうでしょう？　ついでに、成長が遅れているカリを強化することをオススメします」

「は、はぁ……」

「ちょっと待っててくださいね」

そう言い残し、先生はどこかに行ってしまった。私は、依然下半身丸出しのままだ。その状態でベッドに寝たまま数分、先生が手に何かを持って戻ってきた。

「それでは、こちらにサインをお願いします」

手渡された紙には、小さな文字で料金なども含めた明細が書かれている。病気ではないので保険外治療になることなども説明された。

保険証を使えば、親にバレる可能性もあるので、ちょっと高くても保険外治療なのは構わない。しかし、驚いたのはその総額だ。

なんと、広告ではツブツブ除去で5万円程度だったはずが、税込で約30万円！

これはどういうことなのか……。ただでさえチンコ丸出しで、冷静ではいられない頭をフル回転させながら明細をよくよく見ると、肝心のツブツブ除去の他、「ヒアルロン酸の注射」という処置に約20万円かかると記されている。

「あ、あのう……この〝注射〟って何ですか（汗）？」

先生は再びギロリとこちらに目をやる。

「それは、亀頭のカリ部分を増大する処置です」

「な、なんか高くないですか？　ツブツブの除去だけでいいんですけど……」

「今、カリを強化しておかないと、再発する可能性もあります。あと、早濡じゃなくなるうえに感度もアップするのでいいこと尽くめです」

「でもボク、学生でお金がないので、注射の量を減らすことはできませんか？」

「それでは意味がありません（キッパリ）」

「なるほど……」

「銀行のカードはお持ちですか？」

「ありますけど……」

「18歳以上でしたら、ローンが組めますのでご安心ください。それについては後ほど」

「は、はぁ……」

「それで、手術はやりますか？　ヤメますか？」

私の返答を待っている間、静まりかえる手術室。

なんだか腑に落ちないが、相変わらずフルチン丸出し状態の私に、先生からの強烈なプレッシャーだけはヒシヒシと伝わってくる。

それに、もしここで先生の勧めるヒアルロン酸の注射を断り気分を害してしまった場合、ツブツブの除去手術を雑にやられてキズ痕が残ってしまうかも……そんな不安が頭をよぎる。

私は、先生の目を見てご機嫌をうかがいながら、精一杯の愛想笑いを浮かべて答えた。

「アハハ……じゃあ、よろしくお願いしますね……」

もちろん、気分はモヤモヤしたままだが仕方ない。続けて、先生に聞いてみた。

「それで、手術はいつするんですか？」

「5分ぐらいでできるので、今このまま続けますよ」

えっ！　そんなに簡単なんだな……。もう、流れに身を任せよう。もはや私は観念するしかなかった。

## 血まみれのチンコとその後

顔にタオルをかけられた状態で、手術はスタートした。

チンコがヒヤッとした感触に包まれたので、タオルの隙間から丸出しの下半身をのぞくと、チンコに消毒液を塗られたらしく、赤黒く染まっていた。

「ちょっとチクッとしますので我慢してください」

プスリ……。

どうやら亀頭に麻酔を打たれたらしい。先生に触られている感覚がボワ〜っと鈍くなっていく。途中までその様子を隙間から眺めていたが、いよいよ手術が始まるのかと思うとコワくなってしまい、私は目を閉じた。

麻酔のおかげで特に痛みはないが、カリ部分を何かで削られているのが分かる……。ああ、ツブツブが切られているのだな。

悩んでいた日々が、走馬灯のようにフラッシュバックする。さようなら、ツブツブ……。

手術は本当にあっという間だった。

「ハイ、これでオッケーです」

タオルが外されたので下半身を見ると、チンコが包帯でグルグル巻きにされていた。そして、包帯のせいなのかチンコが腫れているせいなのか、2倍ぐらいのサイズに膨れ上がっていた。

股間から包帯がプラリと垂れ下がっていることになんだか違和感がある。

「数日おきに包帯を自分で交換して、消毒液を綿棒につけて塗ってください。詳しいやり方は、紙を渡すのでそれを読んでくださいね。あと、これから2週間はセックスやオナニーは禁止です。お酒を飲むと痛みが出るので飲まないでください。激しいスポーツも控えましょう。それから、今後はなるべくチンチンの皮を剥いた状態で生活してください。湿った状態だと雑菌も繁殖しやすいので」

そんな指示を受け、私は某クリニックを後にした。ちなみに、その後の通院などはなく、私がこのクリニックを訪れたのは、後にも先にもこれ1回ポッキリだった。

それから数日間は、パンツの中に大きな異物があるような感覚だった。湯船には入らず、股間を濡らさないように注意しながらシャワーを浴びた。

チンコに巻かれた包帯を交換する際には、ドス黒い血が滲んでいるのが分かった。また、ガーゼがペッタリと亀頭に貼りついているので、剥がすときに痛む。血まみれであまりにもグロく、私はなるべく見ないようにしていた。

そして2週間が経ち、ついに包帯とガーゼを完全に外すときがやってきた。

新しく生まれ変わったチンコと対面する瞬間――こ、これは夢か幻か、いや現実だ！　忌まわしきツブツブは完全になくなり、カリ裏がツルンとしていて可愛らしくなっている。

しかも、ヒアルロン酸のおかげで以前よりもかなり大きく変貌を遂げていた。ツブツブのマスタードつきポー◯ビッツは、フランクフルトにバージョンアップしたのだ！

「なんて素晴らしいチンコ……」

まるで、亀頭から後光が差しているようだ。

もちろん、チンコだけでなく、借金（ローン）も膨れ上がったものの、私は男としての自信を完全に取り戻すことができた……はずだったのだが、なんと、ヒアルロン酸の効果は徐々に薄れ、半年程度で元のポー◯ビッツに戻ってしまったのだ！

果たして、あの手術は失敗だったのか？

いや、サイズはともかくツブツブは取れたため、セックスに対する不安がなくなったことは事実だ。そして現在に至るまで、私は国内・海外問わずありとあらゆるエロい店を訪れ、それをネタに、本まで書いて出版している。

そう考えれば、手術に使った30万も結果的に正解だった！　……と思いたい。

## Vol.9

# 格闘家に本気で殴られてみた！

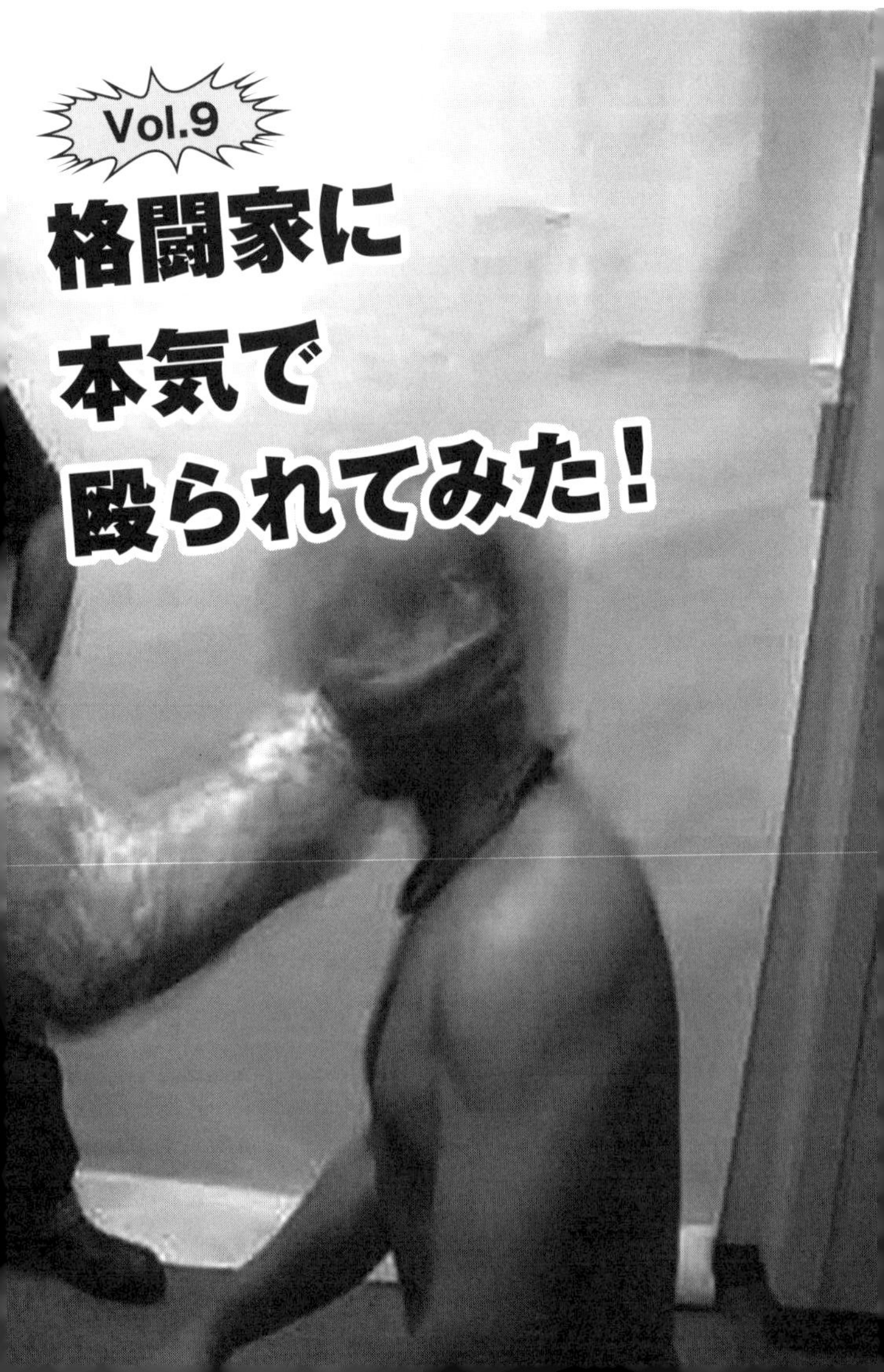

テレビのバラエティ番組などでは、時折、お笑い芸人がプロ格闘家に殴られている姿を目にすることがある。

あまりの衝撃に、お笑い芸人が地面に這いつくばるようなリアクションを見せるお約束の展開なわけだが、何を隠そう、私自身、プロ格闘家を相手に「殴られ屋」をやっていた時期がある。

かつて、私が制作に携わっていたエロ本では、編集者（あるいはライター）が誌面に登場し、フーゾクの潜入ルポなどの他にも、「何かくだらないことをやってみよう」という感じの企画をよく行っていた。

そして、格闘技観戦が趣味の1つである私が、企画書を埋めるためになんとなく書いた「プロ格闘家に殴ってもらおう！」という内容の企画が、なぜか「これ面白そうじゃん」と、軽いノリで通ってしまったのだ！

しかも、そのエロ本編集部の信条は〝ガチ〟。たとえ、内容がエロ以外であってもそれは変わらない。したがって、私は様々な格闘家に「全力で」ビンタされることとなったのである。

ちなみに、プロ格闘家がフルスイングすると、基本的にカメラのシャッタースピードが追いつかないので、念のため動画も回していた（予算の都合でプロカメラマンは使えず、編集部員の自撮り）。それを編集長がチェックするのだが、ビンタの勢いが弱

ければ何度も撮り直しとなる。

ここまでカラダを張っているにもかかわらず、ネットが今ほど普及していない時代ということもあり、全く話題になることもなく雑誌内で細々と企画は行われていたのだが、今なら、ＹｏｕＴｕｂｅとかで流せば荒稼ぎできていたかもしれない（笑）。

ともあれ、お相手はプロレスラー、ボクサー、キックボクサー、総合格闘家、アンダーグラウンドな地下格闘家……と多岐にわたり、非常に過酷だった。あの痛みは、体験した者にしか分からないだろう。

ここでは、当時の裏話を含め、競技別の殴り方の特徴や痛みの特性をお伝えしていきたい。

## プロレスラーの場合

この〝殴られ企画〟で、私が最もお世話になったのがプロレスラーの方々だ。

元来私がプロレス好きだったこともあるが、当時は相次ぐ団体消滅などが重なり、プロレス人気が低迷していたこともあって、選手に依頼がしやすかったのである（現在は再ブームによってそうもいかないだろうが）。

そして運良く、企画の第１回目には、有名な団体のベテランクラスの選手・Ａさん

に登場してもらえることになったのだ。

企画当日、私は、真っ赤な闘魂パンツをドン○ホーテで購入し、都内某所にある道場に向かった。

以前にも、プロレスの試合会場で遠くから選手を眺めたことはあったが、やはり、至近距離で見るとそのガタイの良さに圧倒される。

ひいき目もあるかもしれないが、滲み出るオーラの観点で言えば、その他の格闘技選手の比ではないと思う。

ともあれ、エロ本出版社のくだらない企画であるにもかかわらず、私は早速練習用のリングに立たせてもらえることになった。

プロレスラーにとって、リングとは聖なる場所だ。そこに、穢れしかない私が立たせてもらえることはなかなか恐縮だったが、これも仕事だ。真剣に取り組まなければならない。

闘魂パンツ一丁というスタイルになり、「シャー、コノヤロー!!」と気合を入れ直す。果たして、プロレスラーのビンタの威力とはいかなるものか……!

Aさんが私の前に立つ。リングの周囲では、練習生が見守っていた。

覚悟を決めて目をつぶると、ブンッ! ブンッ! という素振りの音が聞こえてきた。恐怖から脇汗が止まらない。そして、Aさん自らカウントダウン……。

「心の準備はいいか？　スリー、ツー、ワン……」

一瞬の静寂の後……ビシャァァーーーン!!!

私は、あまりの衝撃に吹っ飛んだ。道場には大きな音の余韻がこだまのように響き渡っている。

マットに叩きつけられ、天地がひっくり返ったのかと思った。しかしながら、どういうことだろう。気を失うほどではない。

そして私は、あくまで「殴っていただいている」立場であるため、すぐに立ち上がって「ありがとうございました！」と、Aさんにお礼を言った。

ところで、なぜ素人の私が、このようにすぐに立ち上がることができたのか？

それは、プロレスはエンターテインメントの要素も強い格闘技だからだと思われる。それ相手を壊さず、なおかつ、凄まじい衝撃音が会場に響く〝打ち所〟があるのだ。それをやるためには、高度な技術を要することは言うまでもない。

実際、ジンワリと赤くなっていたのは、顔面の頬……というより、アゴの後ろから首あたりにかけてだった。

この辺りが、相手にケガをさせることなく派手に見せるための〝打ち所〟なのであろう。

## ボクサー・キックボクサーの場合

一方、これが立ち技系の格闘家となれば、様子が違ってくる。

例えば、ボクシングやキックボクシングはプロレスとは違い、一撃で相手をＫＯさせられれば言うことはない。

そのため、拳のキレが極限まで磨かれており、パンチのスピードも尋常ではない。

実際に目の前にしてみると、素人では到底モーションを見切れないほどだった。

私が体験したのは軽量級の選手たちのビンタだったが、そのぶんスピードが物凄い。

しかも、彼らのビンタは横からスイングされる感じではなく、ストレートパンチに近い軌道で繰り出されるため、いわゆる「掌底」のような打撃となる。

そして、これがとにかく痛い……。鋭く切り裂くようなイメージなのだ。

頬や口の内側が切れて出血することも多々あった。純粋な痛みの観点で言えば、おそらく彼らのビンタが一番だろう。

## 総合格闘家の場合

立ち技と寝技のミックスとなる総合系の打撃は、素人が喰らうと、とにかく危険度

が高い……！

というのも、総合系の戦闘スタイルとしては、まずは殴ってから相手の懐に飛び込んで寝技にもっていくことが多い。そのため、選手はできる限りパンチ（ビンタ）に体重を乗せるよう心がけている。

重さの乗ったビンタを受けると、痛みが激しいことはもちろん、衝撃で脳が揺さぶられるため危ないのだ。

にもかかわらず、私を殴る総合格闘家は、その頃人気だった年末の某格闘イベントにも出場経験がある、ヨーロッパの外国人選手（当時は世界チャンピオン！）という超ツワモノ。

知り合いのツテもあり、彼が来日した際に、タイミング良くオファーを受けてもらったのだ。

そして迎えた企画当日。彼は外国人ということもあり、どうやら、私がなぜ自ら殴られようとしているのかあまり理解できていないようだった。

私は、それまでの日本人格闘家たちにも、当然、ガチで殴ってきてもらったつもりだ。とはいえ彼らは、私がエロ本の企画で殴られていることも、そして単なる素人であることもよく分かっている。そのため、ガチとは言いつつもやはり少しは手加減してくれていたことだろう。

しかし、目の前の相手は違う。チャンピオンは私の目を見ながら聞いてきた。

「アーユー、リアリーオッケイ？（本当にいいのか？）」

「あー、……イエス！（ノーとは言えないし）」

私は、ちょっとは手加減してね♪　という意味も込めてニッコリと笑顔で答えた。

だが、3秒後に繰り出されたビンタは本気そのものだった……。

10カウントぐらいの時間が過ぎても起き上がれない。

顔面は大きく腫れ上がり、さらに脳震盪まで引き起こされたのだ。

その後、雑誌の締め切り前にもかかわらず私は体調不良で会社を休み、結局、顔の腫れが完全に引くまでには1週間以上かかってしまった。

ちなみに、当のチャンピオンからは「お前が日本で一番クレイジーだと思う……」とのコメントをもらった。

また、このときにはチャンピオンの国のテレビ番組も収録に来ており、その様子はお国で放送されたようだ。

そしてもちろん私は、「日本で一番クレイジーな男」として紹介されたのである（笑）。

Vol.10

# 香港の怪しいフーゾクに行ってみた！

私の趣味は海外旅行である。

学生時代にバックパッカーデビューし、その後、10年以上にわたってアジアや中東の各国を訪れている。

その目的は、アングラ地帯や売春街への潜入など、ロクでもない理由が主だが、多忙な部類に入る出版業界の仕事をしている現在でも、なんとか時間を作り、年1回は1～2週間程度海外に飛んでいる。

2014年6月、私は、アジアの中心都市の1つにも数えられる、香港の地に降り立った。かつては旅の拠点として知られたこの街も、近年の急激な物価上昇により、バックパッカーたちの足は遠のいたように思われる。

かく言う私自身、今までは香港を避けていた。しかしながら、学生時代に比べて多少の金銭的余裕ができたこともあり、改めてバックパッカーにとって基本中の基本とも呼べる場所を実際に見てみようと思ったのだ。

そんな香港を語るうえで、絶対に外せないのが重慶大厦《チョンキンマンション》と呼ばれる建物である。

重慶大厦とは、高級ホテルや高級ブティックなどが軒を連ねる彌敦道《ネイザンロード》の尖沙咀《チムサーチョイ》エリアにありながら、最低ランクのゲストハウスが密集した超巨大複合ビルのことだ。

その内部では、インドやアフリカ、中東の商人たちが食堂や雑貨店、両替所、旅行会社などを開いており、旅に必要なすべてを揃えることができる。

さらに、ドラッグや売春婦まで手に入るとの噂もあるので、変態バックパッカーたちがここに集まらないわけがない。

世界中の怪しげな人間が入り乱れるカオスっぷりは、しばしば小説や映画の舞台としても取り上げられるほどで、私は興味本位ではもちろん、憧れの目で見ている部分も少なからずあった。

だが、そんないかがわしい重慶大厦を好意的に見る人はやはり少数派。特に、地元では当然の如く忌み嫌われ、いつしか〝犯罪の温床〟というレッテルまで貼られてしまった。

さらに、数年前からは本格的な公安の手入れも行われ、クリーンなイメージに一新するための大規模な改装までなされたという。

もう、かつてのカオスには出会えないのだろうか？　バックパッカーとは無縁になってしまったのか？　これは、実際に確かめてみるしかないだろう……。

## 〝悪の巣窟〟重慶大厦の現在

「ハッパ（マリファナ）？　ニセモノロレックス？」

想像以上に大きな重慶大厦を見上げつつ、突入前の一服をしていると（マンション

の目の前に喫煙所がある)、カルカッタ出身だというインド人に声をかけられた。

警備の強化により、悪質な客引きはいなくなったという事前情報を得ていたので、早くも面食らってしまう。さらに彼は、マリファナを買ったという日本人の写メを得意げに見せつけてくる。

「いらないよ」

「オンナガホシイカ?」

「私は……ハムサン(※本来、中国語で〝ケチ〟という意味。しかしなぜか〝スケベ〟という意味でバックパッカーに知られている言葉)なの!」

「アー? (全く理解していない様子)」

よく見れば、建物前には彼だけではなく浅黒い肌をした商人たちが数多く待ち構えており、香港にいるにもかかわらず、どこか異世界への入り口のようだ。

確かに、建物自体は近代的で小綺麗な外観になっているが、それでも、周辺がこういう状況だと、入るのに躊躇してしまう。

「それよりも、私は安いゲストハウスを探しているんだ」

その後の展開を予想しながらも、あえてそう答えると……、

「ようフレンズ、ウチに泊まりなよ!」

案の定、次から次へと客引きが近寄ってきて、一気に囲まれて揉みくちゃになった。

まるでインドの安宿街を彷彿とさせる始末だ。

だが、実のところ私は、すでに泊まろうと思う安宿を決めていた。

バックパッカーの間では、知らなければモグリとも呼ばれる「快楽招待所」。漢字表記だとさながらフーゾク店のようだが（笑）、英語で「ハッピーゲストハウス」と呼ばれる、有名な安宿だ。

あの「深夜特急」の実写版にも快楽招待所は登場し、主人公の俳優・大沢たかおが、劇中で日々を過ごす場所で、そこには博打や売春の描写もあった。

「私はハムサン、ハムサンです！」

そう叫びながら、私は収集のつかなくなった客引きたちを強引に押しのけ、重慶大厦の内部へと進んだ。ハッピーゲストハウスは、マンション内にあるのだ。

マンションの中に入ると、空港よりも遥かにレートのいい両替所が両脇に並び、中央には警備員が配置されている。さらに、奥にはインドや中東系の食堂や雑貨店。様々なスパイスが入り混じった強烈な香りが漂ってきた。

また、外国人観光客と店員が何やら大声で口論をしていたりするなど、かつての噂に違わぬ混沌ぶりで、思わず身が引き締まる。

ハッピーゲストハウスは建物の上階にあるため、エレベーターに乗らねばならないが、その長蛇の列は圧巻だった。

30分近く待っている間、多くの人に声をかけられたので雑談をしながらヒマを潰す。相手は、主にアフリカ系の黒人だった。

重慶大厦は17階まであり、さらに、A~Eまで5つのブロックに分かれている。人種によってそれぞれのエリアでコミュニティが形成されているようにも思われた。

さておき、かなり並んでたどり着いたハッピーゲストハウスだったが、なんとビックリ。鉄格子の扉は厳重にロックされており、「FOR RENTAL」の看板が。

要するに、閉宿していて場所を貸し出そうとしているのだ。毎度のことながら、行き当たりばったりの旅をしているので、私は全くそのことを知らなかった。

しかし、再び客引きの波に呑まれるのは億劫だったので、なんとかしたい。とりあえず呼び鈴をピンポンしてみると、扉の隙間からオバちゃんが顔を出した。

すると、なんと彼女は、「深夜特急」実写版で観たオバちゃん本人だった。

「ハイ、どうしましたか?」

「ええと……泊まりたいのですが……」

「もう、宿の経営はヤメちゃったのよ」

「実はボク、大沢たかおさんのファンなんです。なんとかなりませんか?」

「ああ、私も彼が大好きよ。もう長いこと会っていないわ。でも、ここはもう私が生活しているだけだから、旅人を泊めることはできないの」

「それじゃあ、少しだけ中を見せてくれませんか？」

「いいわよ」

オバちゃんは扉を開けてくれた。中に入ると、当時の面影が垣間見られた。

「感無量です。ありがとうございました」

「親戚がやっている系列店のゲストハウスが1つ上の階にあるから、そこに行きなさい」

こうして、ハッピーゲストハウスには泊まれなかったものの、1泊150香港ドル（当時のレートで約2000円）という格安の系列店を紹介され、私はそこに泊まることになった。

ただ、このゲストハウスの部屋はわずか3畳程度で非常に狭く、部屋にこもっていると気が滅入ってしまいそうになる。香港の物価を考えればかなり格安なので文句は言えないが、まるで囚人が入る独房のようだった（汗）。

ベッドにバックパックをぶん投げた私は、カラダの疲れを癒すべく、マッサージにでも行こうかと考えた。

私は学生時代にヘルニアを患って以来、慢性的な腰痛を抱えている。よって、マッサージの安いアジア圏を旅行している間は、マッサージ店に何度でも足を運ぶ習慣があるのだ。

とはいえ、外に出るためのエレベーターで再び30分も待つのはウンザリなので、階段で降りることにする。

しかし、階段の通路は薄暗く、電気のケーブルなどもむき出し状態。小綺麗な外装とは裏腹に、内部はひどく老朽化していることが見て取れた。

不安を覚えながらも降りていくと、建物内は禁煙にもかかわらず、ガラの悪い連中がタバコを吸っていたりする。

さらに、私の2倍以上の体格を持つケバいアフリカ系黒人女性の群れが、缶ビールを片手に化粧を直していたりと、非常に不気味だ。

彼女たちは売春婦なのだろうか？　とはいえ、抱けるようなレベルではなく、もしも下手に絡まれてしまったら逃げ場もないだろう（ちなみに、彼女たちは酩酊しながらマンションの近辺を常にフラフラしていた）。私は目を合わさぬように注意し、駆け足で階段を降りきったのだった。

## フツーの足裏マッサージ店でチョメチョメ？

尖沙咀エリアには、至るところにマッサージ店があるようだった。

あまりに店が多過ぎるので迷ってしまうが、そんな折に道端で1枚のチラシを手渡

された。金額に目を向けると、足裏マッサージが30分99香港ドル（約１３００円）と激安！　早速行ってみることにした。

場所は、そのマッサージ店以外にも多くのマッサージ店が入る小汚い雑居ビル。店の扉を開けると、足裏用のマッサージチェアに数人の先客がいた。

受付で改めてメニュー表を見ると、足裏以外にも気になる施術があった。リンパマッサージが60分２７８香港ドル（約３７００円）でできるようだ。

予定よりも高くつくが、日本に比べれば割安なので、せっかくだからお願いしてみることにする。

「じゃあ、リンパマッサージで……」

そのとき、大きな声で日本語が飛び交った。

「兄ちゃん、アカン！」

「ホンマ、ヤメとき！」

声の方向に目をやると、50代と思われる男性２人組がいた。どうやら日本人（関西人）のようだ。香港人と日本人は見た目が変わらないので、彼らが言葉を発するまでは分からなかった。

「どういうことですか？」

「身ぐるみ剥がされるで！」

「さっき欧米人の観光客が、どうやら本番かましたみたいやで」

「え？　こんな店のどこで……」

「奥に個室があるんよ」

「しかしまぁ、えらいボラれたみたいやで。ここではフツーに足裏だけにしとき」

オジさんたちはそうアドバイスしてくれたが、怪しいスポットの体験取材がウリのライターとしては、挑戦状を叩きつけられたような気分。むしろ火がついてしまった。

「なるほど……忠告ありがとうございます。でも私、実はエロ系の記事を書いているライターでして、あえて試してみようかと思います」

「なんや、面白そうなことしてはりますな。それなら止めんよ」

「うちらはこの後、一杯飲んでからフーゾクに行くつもりや」

「いいですね（笑）。とにかく、私はこの店で試しにヤッてみます」

こうして私は、マッサージチェアを通り過ぎ、奥の個室へと案内された。

部屋の中央にはベッドが置かれ、脇には木製のバスタブとシャワーがある。

ベッドに腰掛けて待っていると、黒髪で地味なワンピースを着た女のコがすぐに入ってきた。

「洋服を脱いで……」

彼女は小さな声で言うと、棚の上に置いてあった小さな紙パンツを手渡してきた。

更衣室などはなく、私が着替える姿をマジマジと見ている。

「ホナ、うちらは先に行くから気をつけなはれー！」

扉の向こうから、先ほどのオジさん2人組の声が聞こえてくる。私は心の中で、

「ウィッス！」と、気合を入れながら返事をした。

さておき、いよいよマッサージの開始。まずはうつ伏せになると、冷房が効いているからか、ベッドがヒンヤリと感じた。

その後、全身にオイルを塗られる。その技巧は本物で、カラダの老廃物が流れていくような感覚だ。

とはいえ、私の頭の中はすでにエロい妄想でいっぱいだ。老廃物だけでなく、精子も放出したい。

続いて、仰向けになると彼女が言った。

「あなた、キュートね」

そして脇腹辺りから胸元のマッサージをしながら、親指で私の乳首を刺激してきた。

さらに、太ももの付け根辺りのツボを押す際、紙パンツの隙間から彼女の指がタマタマに触れる。

完全に隆起した私のチンコの先端を人差し指でツンツンしながらひと言。

「どうしよっか？」

彼女はうっすらと微笑んでいる。いよいよ、といった感じか。

「オフコース（もちろん）！」

そう返すと、彼女は私の紙パンツを脱がせ、オイルまみれの手でシコシコしてきた！

お返しにお尻をナデナデすると、彼女もうれしそうな笑顔を浮かべてくれる。

気持ちいい……。フツーの足裏マッサージ店でエッチなことをしているという事実が、私の興奮を最高潮にいざなった。

「ボクはファックがしたいです！」

当然、私はこのまま最後までいくつもりだった。

「あー……」

しかし、彼女の表情は一転し、残念そうに言った。

「私にできるのはシコシコまでよ。ファックだと、別の嬢にチェンジすることになるわ」

なんと、嬢によって可能なプレイの範囲が異なるようだ。

どうすべきか非常に迷ったが、あらかじめ確認しなかった私のミスだ。ここでチェンジするのも申し訳ないと思い、真顔で言った。

「それならば、そのままキミが続けてくれ……」

真剣な表情だが、私はせめて彼女を裸にしようと、同時に彼女の洋服に手を掛けていた（笑）。

すると、彼女も引け目を感じていたのか、「特別よ……」と言いながら自らワンピースを脱ぎ、下着姿になってくれた。

「ゴメンね、これで我慢して……」

どうやら、通常なら彼女は脱ぐこともNGらしい。

結局、そんな彼女のブラを外すところまで成功し、貧乳を眺めながらオイル手コキでフィニッシュ！

性欲を満たしたところで、気になるのが値段だ。先程のオジさんたちは、欧米人が本番をしてボラれたとか言っていた。

果たして手コキはどうだろう……少々不安に思いながらも尋ねると、500香港ドル（約6600円）だった。相場は分からないが、通常のオイルマッサージ代も考慮すれば、妥当なラインだろう。

ともあれ、フッーの足裏マッサージ店でも（女のコによっては）ヤレることは確実のようだ――なかなか凄いぜ、香港（笑）！

## 香港のマンションフーゾク「141」

さて、前述のように足裏マッサージ店で射精まで至った私であるが、もちろん、フー

ゾク行脚はそれに留まらなかった。日本にはないような業態を発見し、潜入してみたのである。

そのフーゾクに関する情報は、先程とは別のマッサージ店で知り合ったスケベそうな日本人男性から入手した。

その名も「141」。あまり馴染みのない名前だが、香港では知る人ぞ知るフーゾクなのだという。

香港では基本的に売春は違法だが、自由恋愛の建前で本番が黙認されているらしく、「141」で遊んでも、まず捕まったりするようなことはないらしい。日本でいうソープランドのようなものだろう。

「141」の女のコは登録制で、公式サイトに掲載されている。そこには、顔写真と共に名前やスリーサイズ、得意プレイ、さらに携帯番号や住所まで書かれており、客と直接連絡を取り合うという、出会い系に近いシステムだ。

「141」の女のコは、店に所属している場合もあれば、個人での登録もある。そして、1つのマンションに待機部屋が密集していることが多いようだ。

ツウなエロ紳士たちは電話などせず、目星をつけたマンションまで出向き、かたっぱしからピンポンを押す。そこで直接女のコの容姿とサービス内容を確認し、金額交渉をしてから遊ぶというローラー作戦を嗜んでいるとのこと。

知らない女のコの部屋をピンポンしまくるなんて、なんだか夜這いみたいで、とても面白そうだ（笑）。

さておき、私もスマホを片手に住所を確認しながら、尖沙咀エリアに建つとあるマンションを訪れてみた。

そのマンションは、1階にはフツーの商店もあるが、フーゾクビル独特のジメジメした湿っぽい空気が漂っており、エレベーターに同乗した数人の香港人も、どこかソワソワしている。

私は彼らに話しかけてみた。

「あの……このマンションは『141』ですか？」

「イエス」

「セックスできるの？」

「イエース！」

単刀直入に私が聞くと、香港人のオッサンがニヤリとしながらそう言い放ったのが印象的だった（笑）。

その後、エレベーターは8階で停止し、扉が開くと、皆が我先にと足早に飛び出していった。

私も彼らの後ろについていくと、まだ夕方にもかかわらず、薄暗い通路にはすでに

多くの男性が徘徊しており、ピンクやブルーの照明がギラギラと灯された部屋の扉を次々とピンポンしていた。

ピンポンされた部屋の扉からはセクシーな衣装の嬢が顔を出すが、気に入られなければ、すぐに閉められる。男たちがドアを開けては閉めてを繰り返す様は、流れ作業のようでもある。

まさに、マンション内に小さなちょんの間地帯がある、といった様相だ。

ちなみに、扉には〝歓迎〟などと書かれていたり、場合によっては〝全套免問（本番なし）〟などの注意書きが掲げられていた。

ともあれ、他のエロ紳士たちが開けた扉から嬢のレベルをチェックしてみると、総じて美人なことが分かり、ほとんどハズレはなさそうに思えた。

だが、ウカウカしていては、好みの嬢を取られてしまうかもしれない。私も負けじとピンポンを押しまくった。

ピンポンピンポンピンポンピンポン！

ドアがガチャッと開く。私はストレートに聞いた。

「セックス、ハウマッチ？」

「600香港ドル（約8000円）」

いくつかのドアを開け、そんな簡単なやり取りを繰り返すうちに、どの嬢も相場は

あまり変わらないことが分かってきた。

しかしながら、即決するまでには至らず、飢えたハイエナのような大勢の男たちの熱気に押されたこともあり、私はフロアを変えてみることにした。

階段でワンフロア下の7階に降りると、8階より空いている。競争率が低くなったので、じっくりと選べそうだ。

そこで私は、本番だけでなく、マッサージまでできることを条件に探してみた。すると、700香港ドルでアロマが得意だという嬢が見つかった。しかも、今風で派手な嬢が多い中、彼女は大人しそうな雰囲気がとてもいい！

それでいて、ストレートのロングヘアが艶かしく、20代半ばぐらいだがどこか陰のある幸薄そうな顔立ち（私は負のオーラを感じる女性に興味がわく）。かつてヌード写真集を出した葉月里緒奈みたいな感じだ。

いざ部屋の中に入ると、ベッドだけで面積の大部分が占められており、非常に簡素な作り。どうやら、実際に住んでいるわけではなさそうだ。

そしてプレイは、ちょんの間よろしくスピーディな展開。入室してすぐに素っ裸になるように促されベッドに寝転ぶと、アロマを使った本格的なマッサージがスタートした。

彼女はなかなかのテクニックを持ち合わせており、室内が薄暗いこともあって私は

ウトウトしかけていたが、仰向けになったところで彼女も洋服を脱いで全裸になった。Bカップ程度のまな板に、干しレーズンみたいなちょいグロの乳首が乗っている。

そこから、ゴムフェラで私の股間を覚醒させると、彼女は大開脚で私にまたがってきた！

そして騎乗位でズコズコされると、アロママッサージでカラダがほぐされていたせいか、私はミコスリ半で瞬殺されてしまったのだった……。

こうして、私の香港エロ調査は終了したのだが、どうやら私が訪れたところ以外でも、香港全土（中国にも）にエロマンションが数多く点在しているらしい。

都会にしては、コストパフォーマンスも悪くない。今回の香港旅行では尖沙咀エリアのみの「１４１」探訪となったが、機会があれば、今度はマイナーな場所のエロマンションをピンポンしてみたいものだ。

Vol.11

# ウサン臭い話に乗ってみた！

あなたは奇跡を信じますか……？

ここで躊躇なく「ハイ」と答えてしまった人は注意したほうがいい。

世間には、夢みたいな甘〜い話がゴロゴロと転がっている。それが、自分の身に舞い込んできたとき、冷静な判断ができるのかどうか。

そもそも、〝奇跡のような体験〟とは、基本的には凄まじい努力の上に起こるものだと思う。億万長者になった社長や超一流プロスポーツ選手も、楽をしてその地位を築いたわけではないだろう。

にもかかわらず、世の中には〝奇跡のような体験をするための商品〟が、様々な形で出回っている。

人生が一変するような、奇跡のような体験をお金で買うことができるのならば、手っ取り早いし、苦労も少ない。だが、そんなおいしい話などあってたまるか！

……とか言いながら、もちろん私も手っ取り早く奇跡を体験したいタイプ（笑）。これまでに、いくつもの怪しい話や商品に手を出してきた。

## 身長がグングン伸びる「偽エアマックス」

私の身長は１７３センチ。日本人の平均ぐらいで、高くもなければ低くもない。

とはいえ、（モテるためには）もっと高いに越したことはない。

中学生の頃、某有名マンガ雑誌を読んでいると、目次の横のカラーページに、気になる広告を見つけた。

そこには、クールなデザインのスニーカーが掲載されている。金額は約2万円。なかなかの値段だが、こんなキャッチコピーが私の目を引いた。

「身長がグングン伸びる！」

モデルのビフォーアフター写真もあり、なんと、3ヶ月で10センチ以上も伸びたというのだ！

だが、スニーカーを履くだけでどうして身長が伸びるのか？　そのメカニズムについては、研究所の博士が解説してくれている。

要約すると、「スニーカーのカカトの部分にはオモリが入っており、ただ歩くだけで〝振り子理論〟で血行が促され、ヒザから伸びていく」そうだ。「特許申請中」とも書かれている。

さらに、購入者の体験談や感謝のコメントも多数寄せられている。これは信憑性が高い……。

しかしこのスニーカーのデザイン、前述の通りクールではあるのだが、どこかで見たことがある。

当時はスニーカーブームが巻き起こり、特に、ナイキの「エアマックス」シリーズはプレミアがつくほどの人気で、〝エアマックス狩り〟と呼ばれるスニーカーの強奪事件が社会問題になるほどだった。

そして、身長が伸びるスニーカーは、そんなエアマックスにデザインがクリソツだったのだ（笑）。

そして、本来、〝エア〟が入っているはずのカカトの部分には、重厚なオモリが透けて見えていた。

エアマックスは、モノによっては10万円以上の価格がつけられていたので、2万円ならお買い得（本当はエアマックスじゃないけど）。しかも身長まで伸びてくれれば、まさにオシャレと実用の一石二鳥だ！

私は早速、身長が伸びるスニーカーを通販で注文してみることにした。

後日、届いた商品を確認してみると、靴なのにご丁寧に説明書までついている。研究所の博士による、効果的な歩き方のレクチャーだ。

「姿勢を真っ直ぐに正し、両足を前後に大きく動かす」……ってフツーじゃね（笑）？

また、注意書きとして「激しい運動はお控えください」とのこと。

ともあれ、実際に履いて歩いてみると……予想以上に重い。激しい運動どころか、歩くのもままならないほどだ。

確かにヒザが伸びる感覚はあるが……スニーカーの重量のバランスがカカトに偏っているため、歩くたびにカクーンとなって痛い！

だが、これが博士の言う〝振り子理論〟なのだろう。無理矢理納得するしかない。

歩きにくさと痛みを我慢しながら、私はエアマックス似のスニーカーを履き続ける生活を送ることにした。

「藤山君、そのエアマックス珍しいね！」

「そうでしょ、実は日本未発売のレアモデルなんだよ」

友人からスニーカーについて突っ込まれるたび、そのようにごまかしながら半年以上が経過。結局のところ、全く身長は伸びなかった。

博士のでっちあげ理論にクレームをつけようかと思ったが、雑誌の広告をよくよく見ると、お約束の注意書きが……。

「※効果には個人差があります」

クーリングオフをしようにも、その期限は購入から2週間しかなかったため、半年経ってしまえば泣き寝入りするしかない。

その後、いつしかエアマックスブームも過ぎ去り、そのスニーカーは下駄箱の片隅でホコリをかぶることとなったのだった……。

## 映画が「ぶっちゃけタダで観放題」のチケット

大学に入学し、実家のある神奈川県から東京に通学し始めた頃のこと。

私は、とにかく〝渋谷〟に憧れていた。オシャレ最先端の街でありながら、どこかアングラで危険な香りが漂っているからだ。

そんな渋谷のセンター街を訪れてみると、Bボーイからギャル男まで、とてつもない人の活気やエネルギーに魅了された。

私も、周囲と同様、チャラい感じに装ってみたいと強く思った。

というのも、それまでの私は、体育会系の部活ばかりしていた、完全な田舎者だったからだ。

ガチガチの規律の中で生きてきた反動で、いわゆる大学デビューを果たした私は、それまで坊主だった髪を伸ばしてツイストパーマをかけて茶色く染め、耳にはぶっといピアスまでつけていた。

あとは、ここ渋谷でカッコイイ洋服を買い、完全にこの街にふさわしいに男になるのだ！　そんなことを考えながら、センター街を闊歩する。

すると、トンガリ頭のギャル男が私に声をかけてきた。

「そこのイケてるお兄さん！」

ん？　〝イケてる〟とは、私のことか？　気分がいい（笑）。

「えーと、なんですか？」

「ぶっちゃけ、かなりおいしい話があるんスよ！」

「おいしい話？」

「そうッス。ぶっちゃけ渋谷のイケてる人にしか教えないんスけどね」

こ、これは〝渋谷の先輩〟とも呼ぶべきギャル男様に、私も認められたということか？

完全に乗せられた私は、彼の話を詳しく聞いてみることにした。

「ぶっちゃけ、映画って興味あります？」

「そうですね……ありますね」

一瞬、スカウトかと思ったが、どうやらそうではないようだ。ギャル男は小声で続ける。

「ぶっちゃけ、映画がタダで観られるチケットがあるんスよ……」

「映画がタダで？　どういうことですか？」

「ぶっちゃけ、ウチは映画関係の会社なんスけど、公開前の『試写会』って知ってますよね？」

「ハイ。まあ知ってますけど」

「試写会に行ける人って限られてるんスけど、ぶっちゃけ、ウチはその枠を持ってるんスよ。それで、もしも気になる映画がある場合は、言ってくれれば、試写会に案内します。だから、観たい映画がタダで観られるようになりますよ」

「へー、なるほど。本当にタダなんですか？」

「このチケットを見てください」

そう言って、ギャル男はポケットからチケットらしき紙を取り出した。

しかし、そのチケットは白黒コピーしただけのようなよく分からない紙。〝ぶっちゃけ〟かなりショボい（笑）。

「ぶっちゃけタダとはいえ、最初だけはタダではないッス。でも、このチケットを買ってもらって、ここに書いてある電話番号に連絡をすれば、いつでもオッケー。今後、永久に使えます。今なら3000円でどう？」

「永久に……？」

私の財布には、ちょうど3000円入っていた。しかしこれは、洋服に使おうと思っていたお金だ。

それに、映画に興味はあるが、さすがにチケットがショボ過ぎて怪しい。申し訳ないが断ることにしよう。

「いやー、ちょっと今、ちょうど3000円しか持ってなくて。このお金で、洋服を

買おうと思ってるんですよ」

「お兄さん……ぶっちゃけ、渋谷で3000円じゃTシャツも買えないッス。だったら、映画が今後、タダで観放題のほうが得じゃないスか？」

た、確かにそう言われればそうだ。3000円なら、映画を2本タダで観れば元が取れる。

私は、〝渋谷の先輩〟であるギャル男にそう言われたからか、妙に納得してしまい、全財産の3000円を彼に手渡した。

「アザーッス！　あとは、ウチの会社でお兄さんの名前と電話番号を登録する必要があります。この紙に書いてもらっていいッスか？」

私は何の疑いもなく、名前と電話番号を書き記した。

「ぶっちゃけ、ありがとうございました。そんじゃ！」

そう言うと、ギャル男はセンター街の人混みに消えていった。

一方、洋服を買えなくなってしまった私は、早速映画を観に行こうと思い、チケットに書かれた電話番号にかけてみる。

プルル、プルル……ガチャ。

「お客様がおかけになった電話番号は、現在使われておりません」

「……やられた（ガックシ）」

もちろん、すでにギャル男は街に溶け込んでしまい、どこにも見当たらない。

なお、ニセ映画会社に電話がつながらないのみならず、その後、私の携帯にはひっきりなしに怪しい勧誘の電話がかかってくるというオマケつき。

憧れていた渋谷という街のコワさが、ちょっぴり垣間見られた出来事だった。ぶっちゃけ～……（泣）。

## パワーストーンでギャンブルにチャレンジ！

世の中には、〝幸運をもたらす〟をウリにした商品が多々ある。パワーストーンのブレスレットなどはその最たるものだと言えるだろう。

雑誌などの広告でもいまだに堂々と「金運が上がり株で成功した」「好きな人と両思いになり恋愛が成就した」などと書かれており、絶対ウソだろ？　とは思うものの、その真偽については判断が難しい。

あるとき、フリーランスの編集者兼ライターである私のもとに、広告代理店からパワーストーンの案件が舞い込んできた。

代理店が作ったパワーストーンの広告出稿があり、私が担当しているとある雑誌の読者プレゼントのページにもアイテムを掲載することになったのである。

そして、原稿を書くために現物と効果の詳細が書かれた資料を送ってもらったのだが、そこには、「チベットの偉いお坊さんが念を込めてウンタラカンタラ……僧衣などに使われている魔除け効果の装飾を石に施した」とのこと。

かなりインチキ臭いが、とりあえず現物を送ってくれた代理店には、お礼の際、ついでにこう言ってみた。

「凄いですね、ボクもほしいくらいです！」

すると、なんと代理店の厚意で、見本で送ったパワーストーンを私にくれるとのこと！　実際に購入すれば、1万5000円もする。それがタダだと言うのだから、すでに幸運は始まっているのかもしれない（笑）。

ちなみに、広告には、このパワーストーンの使用者の声として「競馬やパチンコで大当たりしました」と書かれている。

……その効果を身をもって試してみようじゃないか！　というワケで、私は、普段全くやらないギャンブルに挑戦してみることにした。

それにしても、偉いお坊さんの念がギャンブルに使われているとは、お坊さんもビックリだろう。それともお坊さんも生臭坊主なのか……（笑）。

さておき、思い立ったが吉日。私はすぐさま近所のパチンコ屋に向かった。

自慢ではないが、私はそれまで、一度もパチンコというものをやったことがなかっ

た。それでも、テキトーな台の前に座り、やり方を店員に聞きながらスタートして5分。ピコピコとパチンコ台がわめく……ん、当たってる？　しかもこれは、ウワサに聞く〝確変・連チャン〟!?

みるみるうちに、箱が玉でいっぱいになり店員を呼ぶ。その後もなんだかよく分からないが玉は増え続け、結果、わずか1時間30分程度で3万円近く儲かってしまったのだった！

これはやはり、パワーストーンのおかげなのか……？

私は、その足でフーゾクに向かった。あぶく銭は使い切ってしまったほうが経済循環のためになる。

そして、ここではフリーで入店したにもかかわらず、なぜかナンバー1の嬢が登場！しかも、なんだかいつもより、股間もギンギン？

これはもう間違いない。パワーストーンのおかげだ……！

私は、顔も知らない生臭坊主の念を意識しつつ、木魚のリズムでズッコンバッコンと女体を堪能させていただいた（笑）。

翌日、前日の大勝利に味をしめた私は、仕事もせず、再びパチンコ屋に向かった。

このパワーストーンさえ身につけていれば、今後働かなくても生きていけるかもしれない……そんな期待を抱きつつ、前日と同じパチンコ台に陣取る。

さあ、確変よ来いー！

……15分が経過したが、来ない。

まあ、焦る必要はないだろう。なにせ、私にはパワーストーンがある。負けるはずがないのだ。追加でお金を投入する。

……もう15分が経過したが、まだ来ない。

前日はすぐに当たったので気づかなかったが、思っていた以上に玉の減りは早い。すでに1万円が消えた。うーん、今日は念の調子が悪いのか？

いや、奇跡が起きることを信じよう。信じる者は救われる。ここで止めるわけにはいかない！

私は銀行のATMに走って、1万円を引き出した。

お坊さんのパワーストーンよ、私に力をください。夢の続きを見せてくれ！

……さらに2時間以上粘ってみたが、ウンともスンとも言わない。もう、何度ATMまで走ったことか。

結局、その後も一向に出る気配は見られず、6万円を使ったところで私は我に返ったのだった……。

ちなみに、現在もなお、私はこのパワーストーンをお守りのように持ち歩いているが、良いこともあれば悪いこともあり、以前より運が開けた感じは全くしない。

私の趣味は海外旅行だ。そこで、今後機会があればチベットを訪れ、「念の入れ方が足りないんじゃないですか!?」と、生臭坊主に対して直接クレームをつけてみたいものだ（笑）。

# Vol.12

# ヤクザに軟禁されてみた！

ここ数年、暴対法の度重なる改正によって、ヤクザは大っぴらな活動ができなくなった。さらに、2012年9月の「六本木クラブ襲撃事件」以降は、いわゆる「半グレ」(暴力団員ではないが犯罪行為を繰り返す集団)でさえ、警察にマークされるようになり実質的に動きは制限されている。

それに伴い、そういったアウトローたちをテーマにした雑誌媒体も大打撃を受けている。

なぜなら、取材先である彼らが、一斉に自粛ムードに入ったからだ。要するに、雑誌などのメディアに載ることで警察から目をつけられ、最悪の場合は逮捕に繋がってしまう可能性も否めないというわけである。

さらに、ヤクザに花を納品していただけの単なる街の生花店が〝密接交際者〟として営業停止処分となった事例があるなど、一般人や一般企業も迂闊に彼らと接触するリスクが高まった。

当然、出版社も他人事ではない。それが原因で会社が潰れては元も子もないだろう。そんな背景もあり、アウトローを前面に押し出したいくつかの雑誌は廃刊してしまうこととなった。

そしてこれは、ちょうど暴対法の改正を前に、業界が揺れ動いていた渦中の話だ。

## カルチャー雑誌のアウトロー記事

私の現在の職業は、フリーランスの編集者兼ライターである。

出版社や広告代理店から依頼を受け、雑誌やフリーペーパー、ウェブなどの媒体で、いわゆる〝一般人〟として取材や撮影を行い、原稿を書くことで食い扶持を得ている。

とはいえ、取材相手は必ずしも一般人とは限らない。ときには、ヤクザや半グレをはじめ、いわゆる〝アウトロー〟と呼ばれる人々が対象になることもあるのだ。

芸能界はもちろん、多種多様な業界に彼らが潜り込んでいることは、もはや言うまでもない。

私自身、そういった裏のカルチャーに興味があるためこの仕事をしている部分もある。また、それは私だけではなく、少なからず一般人が興味を持っているからこそ、裏のカルチャーを扱った媒体が需要を得て成り立っているとも言えよう。

そういったアウトロー関連記事がブームを迎えていた頃、私は、とあるカルチャー雑誌の仕事を引き受けることになった。

さて、ここで私の仕事のスタンスについて説明しておこう。

私はビビリなので、特にアウトロー関連の仕事の際には、基本的に安全度が高いと思える仕事を選ぶようにしている。

雑誌の記事には、大きく分けて2種類ある。

1つは「編集記事」と呼ばれるもので、基本的に何を書いても大丈夫だが、そのぶん、内容に関するトラブルも起きやすい。

そしてもう1つは「タイアップ記事」と呼ばれるもの。雑誌のページを制作するには、私のギャラをはじめ、カメラマンや誌面デザイナー代などの経費を必要とするが、タイアップ記事では、こうした経費の一部を取材先に負担してもらうのだ。

その代わり、記事の内容については相手の要望を聞くなど事前に打ち合わせをしたうえで入稿まで丁寧に仕事を進める。要するに、広告的な意味合いが強い。

そして私は、制作に手間ヒマはかかるが、最後まで念入りに注意を払うことができる後者の記事を多く担当するようにしているのである。

ちなみに余談になるが、編集記事の場合でも、例えば、〝アウトロー流の裏のシノギ〟などのテーマで取材するときに、私はなるべく当事者と直接やり取りはせず、仲介人を間に立てるようにする。

さらに、インタビューや撮影の当日もこの仲介人に立ち会ってもらう。大抵の場合は、いくらかのギャラを支払うことになるのだが、そうして仲介人にも責任の一端を担ってもらうことでトラブルの可能性を下げるのだ。

裏のシノギについて書くのだから、原稿内容のサジ加減の判断は、私のようなカタ

ギには難しいのである（ただし、雑誌用に語ってくれる程度のシノギはすでに使い物にならなくなっていて、捨ててもいいものであることが多いことも事実だが）。

編集部やライターによってもやり方は全然違うのだろうが、私は万全を期してなるべくそのようにしているのである。

話を戻そう。ちょっと怪しいカルチャー雑誌とはいえ、タイアップ記事に予算を捻出するクライアントも、実に様々な業種がある。

飲食や雑貨をはじめ、時計、ジュエリー、アパレル、バイク・クルマ、フーゾク・キャバクラ、包茎・性病クリニック、出会い系サイト……そして当時は規制のユルかった脱法ハーブ（危険ドラッグ）の通販などもクライアントだった。

編集部が会社として広告費を受け取るということは、根本的にクライアント（あるいは間に入る広告代理店）はカタギでなければならないのだが、アウトロー関連記事に興味を持つ読者をターゲットにしている雑誌だけに、グレーゾーンであるケースも少なからずあった。

また、このようなタイアップ記事、広告記事の案件は、広告代理店が持ち込んでくることが多く、間のやり取りにクッションを置いていることから、クライアントの素性に関しては、編集部も実際よく分かっていないこともある。

そして、雇われのライターに過ぎない私としては、尚更のことだった……。

## 初対面のクライアントから「オメー」呼ばわり

とある晩、例のカルチャー雑誌の広告担当者から、突然携帯電話に連絡が入った。もうすでに日付は変わっている。

やや億劫に思いながらも電話に出ると、「明日、クライアント取材と撮影をこなしてくれないか？」とのことだった。なんでも、担当だった編集者が急に辞めてしまったらしく、とにかくピンチヒッターが必要らしい。

「構いませんが、どのような内容ですか？」

大まかに雑誌の記事制作と言っても内容は多様だ。エロ本出版社時代から様々な雑誌で仕事をしてきたが、取材先によってはこちらも専門的な知識が必要だ。当然、得手不得手もある。

そこで詳細を確認すると、どこにでもあるフツーの〝お店〟をリポートするだけとのことだったので、快く引き受けることにしたのだった。

翌朝、私は始発の電車に乗った。休日なので空いているが、クラブ帰りと思われる若者が座席で酔い潰れていた。

その後、渋谷駅の新南口付近でカメラマンAさんのクルマと合流。そこから高速道路で数時間かけて某所に向かう。今回の取材に広告担当者は立ち会わないらしい。

あまりに急な仕事の依頼だったため、家ではほとんど寝る時間がなかった。Ａさんとは初対面だったので不躾だとは思ったが、了解を得て、助手席で仮眠をとらせてもらうことにした。

「藤山さん、もうすぐ着きますよ。その前に、ちょっとコーヒーでも飲んでひと息いれましょう」

Ａさんに起こされると、すでにクライアントの店付近にいる模様。街の中心部からは少し外れた位置なのか、マクドナルドが畑や田んぼに囲まれていた。

ともあれ、そのマックで気を引き締めてから、私は取材先の店に入ったのだった。

まずは、どのように撮影を進めるべきか考えながら店内を見渡す。奥にはスタッフらしき男性がいた。彼が店長だろうか？　とりあえず挨拶してみる。

「本日の取材を担当させていただく、ライターの藤山です」

そう声をかけた瞬間、私は今日の仕事を引き受けてしまったことを後悔した。

「おう、それよりもオメー……」

男性は静かに言いながらも、今にも人を殺さんばかりに鋭く睨みを利かせている。

「え、えと……」

初対面の人に向かって「オメー」。睨まれる意味も全く分からない。思わずカメラマンのＡさんと顔を見合わせた。

「まずは、きちんと謝罪をするべきだろう。編集部の人間だろ？」

「も、申し訳ありません……（どうして謝罪？）」

私はなぜ彼に謝っているのだろう？　ただ、目の前のクライアントの男性が何かに対してご立腹であることは確かだった。

「担当のYはどうした……？」

「急に辞められたらしいです」

「は？　どういうことだよ!?」

「も、申し訳ありません……。私は代役として編集部に頼まれたフリーライターでして、昨夜、今日の取材の話をいただいたばかりで、よく事情が飲み込めないのですが……」

戸惑いながらも私が正直に答えると、男性は理解してくれたようだった。

「そういうことか……。あの野郎、オレの顔に泥を塗りやがって。街で見かけたらブチ殺してやる……」

男性曰く、本日の取材はリスケ（取材日を変更すること）の上にあるらしい。

私はすぐに編集部の広告担当者に電話をして事情を問い詰めると、非常にバツが悪そうな感じで、前任の編集者であるY氏が前回の撮影日を忘れてブッチしてしまい、リスケして本日の取材があると伝えられた（汗）。

にもかかわらず、当のY氏は直前で急に辞めてしまっている。要するに編集部は、

貧乏クジの仕事を若手ライターの私に回したらしい。

ピンチはチャンス。いや、チャンスはピンチ（苦笑）？

しかし、私に非がないと分かった男性は少し落ち着いたようだった。

「さっきは申し訳なかったな」

「いえ、とんでもありません。私も確認不足でした」

「オレは社長のBという者だから、これから頼むよ」

彼はそう言って名刺を差し出した。裏側には、様々な系列店の名前が書かれており、複数の事業を展開しているらしかった。

ちなみに、元々の取材日にはわざわざ〝兄弟分〟が視察に来ていたらしく、ドタキャンされてBさんとしてはメンツが丸潰れとのこと。

なんとなく〝兄弟分〟という言葉が気になったが、そのときはBさんの怒りがとりあえず収まったことに安堵してスルーしたのだった。

## 「ムカついたから〝漬け物〟にしてやったよ」

Bさんが落ち着いたところで、仕事を始める。単純な店の撮影なので、ハッキリ言って難易度は低かった。そこからは滞りなく取材が進み、最後のワンカットを撮って終了。

片づけが終わると、店のそばにある事務所に招かれた。ソファーの横には手入れの行き届いた観葉植物や熱帯魚の水槽があった。

ソファーに座りながら、出されたコーヒーに口をつける。そこで、すっかり機嫌の直ったBさんが聞いてきた。

「この後、時間はあるか？」

「ハイ、今日の仕事はこれだけですが……」

「それじゃあ、せっかくだから飲みにいこうか」

こうしてまだ夕方にもかかわらず、打ち上げを兼ねて私とBさんは2人で飲むことになった（カメラマンのAさんはクルマだったことに加え、次の予定が入っているらしく早々にドロン）。

正直、あまり気が進まない部分もあったが、クライアントであるBさんと編集部（特にY氏）がこれまでどのように付き合ってきたのか、今後のためにも知っておく必要がある。編集部が私に黙っていることもあるだろう。

私たちは、どこにでもある安居酒屋チェーンに入った。Bさんは社長だけあり、もっといい店にしようと言ったが、私が、「こういう店もたまにはいいですよ」と促したのだ。

これは、気兼ねなく割り勘にするため。経験上、奢られてしまった場合、後々の仕事で相手のワガママを聞かねばならなくなることが多いのだ。

さておき、酔いの回ったBさんは、元編集部Y氏に対する不満を豪快に撒き散らした。

「あのヤロー、今までウチの取材を何度もブッチしてんのよ。今回ばかりは絶対に許さないって決めてたが……。まあ、ちょっと前にオレがキレたとき、土下座させちゃったんだけどね。やり過ぎたかもな（笑）」

私たちの間では、怒らせてしまった相手に対してダッシュで謝りにいくことを〝スライディング土下座〟と言う。辞める直前のY氏は、スライディング土下座を各方面で日常茶飯事のようにしていたらしい。

取材をブッチするなんて論外だと思われるかもしれないが、雑誌編集者の中にはプレッシャーのかかる仕事を大量に抱えすぎて精神的に壊れてしまう人も多い（汗）。

思い返せば、私が初めて編集部に営業にいった際、Y氏は常にデスクでボーッと考えごとをしながら固まっていた。

そして喫煙所までフラフラと向かったので、少し世間話でもしようかと後からついていくと、彼は換気扇の真下で巻きタバコをふかしていたのだが……その紫煙の香りは、まさにマリファナだった。

「あの……大丈夫ですか？」

私が声をかけると、Y氏は驚いてすぐに火を消し、目の前に灰皿があるにもかかわらず、吸い殻を携帯灰皿にしまった。そして、目も合わせずに再び席に戻ったのであった。

おそらく、Y氏も精神的に限界に達してしまい、辞めてしまったのだろう。

「出版社のヤツらって、いい加減な輩が多いのな。まあ、藤山君は信用してるよ。今日の仕事ぶりを見ていれば分かる。編集部に言っとくから、これからはキミがウチのページをやってくれ」

酔っているのか本気か分からないが、Bさんはそう言った。

「かしこまりました……」

「今度はこんな安っぽい居酒屋じゃなくてよ、ウチは高級レストランもやってるから、ご馳走させてくれ」

「ありがとうございます」

その帰り道、私とBさんが目抜き通りを歩いていると、酒を飲んで千鳥足のサラリーマン2人組の1人がスレスレのところでBさんにぶつかりそうになった。

「あぶねっ！」

一瞬、時が止まる。しかし、連れの男性がすぐに「どうもスミマセン」と謝ったので、Bさんは少し不機嫌そうに「チッ、気をつけろよ……」と舌打ちしたものの、騒ぎになることはなかった。

彼らが去った後、Bさんが呟く。

「ここで昔、オレに絡んできたヤツがいてよー。ウチの○○組のシマなのにな。ムカ

ついたから〝漬け物〟にしてやったよ」

私は耳を疑った。

「えっ!?（○○組って？）あ、あのー、〝漬け物〟って何ですか？」

「シャブだよ、シャブ。1週間ぐらい軟禁して、シャブ中にするんだよ。誰でも廃人になるよ」

返す言葉が見つからず、その場で凍りついてしまった。それを察したのか、Bさんは「すべて冗談だけどな。ハハハ」と笑ったが、目は笑っていない。

そんな単語が出てくるとは、クライアントは本職なのかもしれない……。

しかし、私はどうやらBさんに気に入られたようで、結局、このクライアントを今後も担当することになったのである。

## 編集部もクライアントの素性がよく分からない

週明け、私は編集部の広告担当者に電話してクレームをつけるのと同時に、詳しく事情を説明するように求めた。

しかし、担当だった編集者Y氏がバックレるように辞めてしまったために詳細は誰も知らず、Bさんが○○組の関係者かどうかまでは本当に分からないようだった。

私は、もう1つ気になっていたことを聞いた。

「ところで、編集部とクライアントとの間には広告代理店が入っているんですか？」

「ええ、いることにはいるのですが……ただ、数ヶ月前に広告の話を持ってきた後は、基本的にお金の流れの中でマージンを抜いているだけで、特に代理店としては機能していないですね。今ではクライアントとのやり取りもツチと直接になってますし」

「……あのクライアントさん、本当に大丈夫なんでしょうか？」

「うーん、Bさんの見た目はコワいですが、店としてはどこにでもある感じですよね」

確かに私の目で見ても、フツーの店であることは事実だった。

すでに述べた通り、カルチャー雑誌にはどことなく怪しいクライアントとのタイアップ記事が少なくない。これは、雑誌の広告担当者の立場としては、出版不況の中で広告費という実入りがある以上、グレーな相手であっても背に腹は変えられないといった実情があるからだ。

そして私もまた下請けのフリーランスで、生活していくためにはお金が必要。ページ制作の依頼があれば、基本的にどんな相手でもできる限りこなすというスタンスである。

ただし、もちろんヤバ過ぎる仕事は避けたい。

そこで、機能してはいないが、応存在するという広告代理店に連絡してみた。

「この度、クライアントのBさんを担当することになったライターの藤山と申します。

雑誌でページを作成するにあたり、お店のバックボーンと言いますか……詳細を知りたいのですが」

「わざわざお電話ありがとうございます。ええ、まあ、Bさんと直接やり取りしていただいたほうが早いと思いますし、イイ感じに仕上げていただければこちらは大丈夫です。それではお願いしますね！」

ガチャッ！　プープー……。

そんな面倒臭そうな対応で、一方的に電話を切られてしまった。

やはりBさんとその店は怪しいのか……と思いつつも、その後は特に問題もなく継続的にBさんの店の記事を作成することができた。

「藤山さんがタイアップ記事の担当になられてからは、話がスムーズに進むようになりましたよ」

編集部の広告担当者にはそう褒められた。細心の注意を払った上で仕事をこなしていたし、私以外の編集者やライターがBさんのページを担当するときも情報共有しながら対応するように努めていたので当然だ。

ただし、ある編集者は〝確かな筋〟から情報を得たそうだ。

「実は、ボクの身内が警察なので聞いてみたんですけど、やっぱりBさんの裏の顔は、〝本職〟で間違いないらしいです……」

## 雑誌が廃刊に

水槽の熱帯魚が呑気に泳いでいる。私はただ、それを眺めていた。静まり返った事務所。大通りに面しているにもかかわらず、クルマが通る音すら聞こえない。深夜なので当然なのかもしれない。

一体、いつになったら帰れるのだろう……。

向かいのソファーに座ったBさんは、私たちからの次のひと言を待ちくたびれている様子だった。

隣に目をやると、編集部の広告担当者がブルブルと震えながら頭を垂れている。大人なのに半ベソ状態だ。一方、広告担当者と共に呼び出された雑誌の編集長は眉間にシワを寄せ、グッと奥歯を噛み締めていた。

私はと言えば、相変わらず水槽を眺めていた。あまりの恐怖に頭が真っ白になり、現実逃避していたのだ。ひたすら熱帯魚の気持ちを考えて気を紛らわせるしかなかった。

小さな水槽が世界のすべて。時々エサをもらいながら泳ぎ続け、気づいたら一生を終えている。そういった生き方も悪くないのかもしれない。

そんなことを考えながら水槽を見つめ続けていると、ユラユラと泳いでいた熱帯魚が急にバシャバシャと機敏に動いた。

「聞いてんのか、コノヤロー!!」

怒声と共に、大きな音がしたのでその場にいた全員がビクッと肩をすくめた。

何が起こったのか理解できずに見わたすと、Bさんが目の前のテーブルを思いきり蹴り飛ばしたので、グラスに入っていたジュースがこぼれてしまったようだ。

上の空だった私に対して言っているのだろうか。そうだとしたらマズい。

「オメー、どうすんだよ……？」

Bさんは広告担当者を見つめながら、ドスのきいた重低音を発した。矛先が私でなかったことに、ホッと胸をなでおろす。

そして次に、Bさんが向けた視線の先には編集長がいた。

「おう、責任者、そろそろケジメつけろよ……」

そして、遂に編集長が重たい口を開いた。

「……私の一存では決めかねます」

その瞬間、Bさんは目を血走らせ、目の前に置いてあった電卓を壁に投げつけた！

「マジで使えねーなぁ、オメー!!」

えぇー、どうすんの？　このままでは……。私の脳裏に〝漬け物〟がよぎった（汗）。

遡ること8時間前――私たちは、Bさんの店がある最寄駅に集合した。ガラにもなく全員がスーツを着用している。

普段は私服で仕事をしているので、それだけで気が引き締まる。

「じゃあ、スライディング土下座に行きますか……」

カルチャー雑誌の制作を仕切る編集長が青ざめた顔で、それでいて、精一杯の冗談を交えながら言った。

Bさんとの関係は良好を保っていたが、雑誌の廃刊が突如決定してしまったのである。出版不況が続く中、いつかはこうなることを予想していたものの、通常は、廃刊が決まってから3ヶ月ぐらいの準備を経て、徐々に終わらせていくものだ。しかしこの雑誌は、それも叶わないほど傾いてしまったらしい。

私自身、すでに取材・撮影を終えてページができあがっている企画もあったので腑に落ちない部分もあったが、雇われのフリーランスという立場では何もできない。しかし、クライアントからしてみれば、簡単に納得できるはずもない。なにせ、先に広告費を払っているのだ。

案の定、Bさんは怒り狂い、編集長をはじめ、広告担当者、そして私を含めた編集者やライター数人を呼びつけたのだった。

皆が緊張した面持ちで店に入ると、従業員の男性に事務所のソファーに案内された。Bさんは別件の仕事が長引いているとかで、まだ不在のようだった。

当然ながら私たちは口数も少なく、ジッとソファーで硬直したまま待つこと1時間。

そこへBさんが戻ってきた。その瞬間、全員が立ち上がりまずは無言で頭を下げる。

カバンをデスクに投げ捨てたBさんは、明らかに不機嫌そうだった。そして、私たちの座るソファーの向かいにドッシリと座ると、タバコに火をつけ、大きく煙を吐き出してから低い声で言った。

「で、どうすんのよ？」

「この度は、ご迷惑をおかけして大変申し訳ありませんでした……」

編集長がそう返し、同時に全員で深々と頭を下げて謝罪をした。そして、昨今の出版不況の中で、雑誌の売り上げが低迷していたことなどを説明する。

大抵のクライアントは、そこで「仕方ありませんね」などと事情を汲んでくれるものだ。しかし、Bさんは違った。ひと通りの経緯を聞き終えた途端、声を荒げたのだ！

「それじゃ済まないいんだよ！」

「ハ、ハイ……。ですが、会社として決まってしまったことはどうにもなりません」

「どうすんだ？　って言ってんだよ。謝って済んだら警察いらねーよ。頭使えよ。オメーも、雑誌が潰れたら編集長の肩書きがなくなるんだろ。他のヤツも仕事が1つなくなるわけだろ？　それでいいのかよ。男だったら、もっと自分の仕事に執着しろよ。オレらはな、シノギに命かけてんだよ！」

Bさんは矢継ぎ早にまくしたてた。

私は正直、Bさんの言葉に少しハッとさせられた。近年の相次ぐ雑誌廃刊に慣れてしまった部分もあったのかもしれない。

しかし、いくらBさんの言葉が正しいとしても、雑誌側としてはクライアントに納得してもらわなければならない。広告担当者が口を開く。

「し、しかしですね……」

そう言いかけたところで、Bさんが上から被せた。

「しかしじゃねーよ。日本語通じんのか、オメー。言い訳しても話が進まないだろ。雑誌が売れなかったんだろ？　じゃあ、どういう雑誌が売れんだよ。オレはそっちのプロじゃねぇから知らねーけどよ」

呆気にとられ、私達は全員で顔を見合わせた。

「オイ、ところで……藤山！」

「な、なんでしょう？（まさかの名指し！）」

「フリーだからって、オメーも無関係じゃねーぞ。オレからしてみれば、社員だろうが誰だろうが、ひと括りに編集部なんだよ。どういう雑誌が売れるのか言ってみろよ！」

「え、ええと、かくかくしかじかなトレンドで……」

私は、他誌の仕事用に隠していたネタも含め、思いつく限りのアイデアを絞り出した。

「そうか。じゃあ、次！」

こうして、１人１人が売れる雑誌についての意見を言うハメになった。

かつて、部活動で監督からこっぴどく絞られた場面を思い出す。まさか、大人になって似たようなシチュエーションに出くわすとは……（今のほうが俄然シリアスだが）。

ひと通り話を聞き終え、Ｂさんが言う。

「ほら、いろんな意見があるじゃねえかよ。編集長さんよ、そういう企画を雑誌でやって検証したのかよ？　何もやってねーだろ。やりゃあいいじゃんかよ。協力してくれる人がいるんだから、そんな簡単に雑誌を終わらせていいわけがないだろう？」

編集長がひと呼吸してからつぶやく。

「ですが、会社から制作費の予算がもう出ません……」

「いくら必要なんだよ？」

「大体、１０００万近くは……」

「その内訳は？」

Ｂさんがメモと電卓を取り出して詳細を記していく。その一挙手一投足に誰もが注目した。そして、顔を上げてからひと言。

「いや、集められんだろ、そんぐらい。会社から予算が出ないなら、オメーたちが自分の金でなんとかするか、出してくれる人を探せよ」

Ｂさんはそう言うが、現実には個人レベルでどうにかなる金額ではない。また、廃

刊が決まるくらいの落ち目の雑誌に投資してくれる人もいるはずがない。私を含め、誰もが下を向いて厳しいだろうと考えた。

「も、申し訳ありませんが、無理だと思います……」

「広告担当者さんよ、どうなんだ？」

そう言った瞬間、Bさんは思いきりテーブルを蹴飛ばした！

「オメー、本当に頭ついてんのかよ？　どうしたら集められるのか考えろよ！」

「スミマセン、一会社員である私個人の力ではどうにも……」

「だから謝ってんじゃねえよ！　考えろ。今までウナに予算を出させただろ。オタクに広告費を入れるってことは、ウチの社員の生活もあんたらに託していたってことだよ。その責任の重さを分かってんのか？　……どうしても無理だって言うなら、1000万ぐらいオレが今すぐ現ナマで出してやるよ！」

「ハ、ハイッ⁉」

なんという漢気《おとこぎ》……。やはり、複数の事業を展開する器量があるだけのことはある。

私たちは、思いがけない提案に目を丸くしたが、次の言葉で再び暗雲が立ち込めた。

「ただし……投資した金はウチで働いて返してもらうけどな。まあ、コキ使ってやるよ。覚悟しておけ」

重くて低い口調に、Bさんの本気度が伝わってくる。私たちからしてみれば、相手

が〝本職〟ということは分かっている。果たしてどんな仕事をさせられるのか。

金額を考えれば、マグロ漁船か、ブツの運び屋か、違法フーゾク店の雇われ店長か……嫌な妄想が頭を駆け巡った。

このように、Bさんは適度に思わせぶりな態度を見せつつも、一瞬にして奈落の底に突き落とす発言を繰り返した。最悪の事態を喚起させられて、私たちはジワジワと精神力を削られる。

そして誰もが疲労困憊し、広告担当者は頭を垂れて震え、編集長は奥歯を噛み締め、私は水槽の熱帯魚を見ながら現実逃避という状況に陥ったのだった。

## Bさんの思惑

私は、腕時計にチラリと目をやった。深夜1時だ。

相変わらず、「どうするんだ？」「できません」の押し問答が続いていた。

「ラチが明かないな。時間をやるから、少しオメーらだけで考えろ」

Bさんは呆れたようにそう言って、いったん席を外した。

何をどう考えて、どう答えるのが正解なのか。何も分からないぐらい、頭の中は真っ白だ。何より、Bさんのほうが私たちより交渉術に長けていることは明白だった。

途中でいきなり声を荒げたりテーブルを蹴飛ばすなど、感情論で話しているようにも思えるが、言うことには筋が通っている。私たちの誰かが軽率な発言をしようものなら、理詰めでコテンパンにヤラれてしまうので、成り術もないのだ。

要するに、Bさんは「できる」のか「できない」のかの判断を私たちに委ねてはいるが、「できない」では納得しない。徹底的に「できる」ための方法を考えさせているのだ。

しかし、編集長も広告担当者も、現実的には雑誌の存続は難しいと考えている。

このままではいつまで経っても帰れない。

そもそも、Bさんが雑誌の存続にここまでこだわる理由はなんなのか。私たちは改めて話し合ってみることにした。

おそらく、その一番の理由は、すでに取材・撮影を終えている企画があることだった。中には、Bさんを通じて取材させてもらった人もいるので、雑誌が廃刊になり、記事や写真が掲載されないということになれば、Bさんのメンツを潰してしまうことになる。まさに、私がBさんと初めて出会ったときの二の舞だ。

そんな中、ライター陣からこんな意見が出た。

「雑誌を継続できなくても、もう1冊だけ、『増刊号』みたいな形で出せませんか？そこでBさん関連の方々の記事を掲載すれば、なんとか収まるんじゃないかと……」

とはいえ、増刊号でも雑誌を出すというのは簡単なことではない。編集長であっても、

それを個人では決断できないのだ。

そこで、編集長がついに腹を決めたようだった。

「分かりました。今ここに、局長に来てもらうことにします」

編集長はそう言うと、すぐに携帯を取り出し、決裁権のある上司に電話をかけた。

上の立場の人間を深夜に呼び出し、会社として決定した雑誌の廃刊を覆すようお願いするというのだから、非常識にも程がある。編集長も広告担当者も何かしらの処分を受けることは間違いない。それでも、もはややむを得ない状況だと判断したのだろう。

局長はBさんの店に駆けつけることを了承したようで、編集長がBさんにその旨を伝えると、「そうか」と言い、パソコンでデスクワークを始めた。時間を無駄にしないBさんらしい。

こちらとしても、しばし休憩ができるので助かる。私たちは、一斉にトイレに駆け込み、長時間溜め込んだ小便を一気に放出したのだった。

それから約1時間半後、スーツに身を包んだ局長が現れた。私たちにとってはまさに救世主である。しかし、この時間帯に部下から呼ばれたことですでに事態の重さを悟っているのだろう、非常に厳しい表情だった。

「お待たせしました」

ソファーで再び話し合いが始まる。

編集長は改めて局長に経緯を説明し、増刊号を出すように嘆願した。

誰もが「イエス」の答えを願う。緊張感に包まれる。

「……それはできない」

局長の言葉に、全員が肩を落とす。Bさんはジロリと私たちを睨みつけた。

「どうすんだよ……？」

「局長、そこをなんとかお願いします……！」

編集長がもう　度懇願したが、局長は折れない。

「……ダメだ」

しばしの沈黙に包まれた後、Bさんが口を開いた。

「1000万ぐらいなら、オレが出しますよ」

「いえ、Bさん。そもそも1000万ではどうにもならないんです」

局長は、Bさんに対して出版業界のキャッシュフローをより明確に説明した。どうやら、私たちの認識とズレがあったようだ。局長の話は、出版社の経営に携わっている人でしか知り得ないような情報で、そのほとんどが私自身も初耳だった。

「このまま続ければ、損失はウン千万、億に届く可能性もあるんです」

「なるほど。それでは無理ですね……」

ここで、Bさんが初めて「無理」と言ったのが印象的だった。

「ところで、雑誌の売り上げはいつから厳しかったんですか？」

「部下には、もう昨年末から危ないことは伝えていましたよ」

「……分かりました。局長さんの誠意も伝わりました。こんな深夜に足を運んでくれて、ありがとうございます」

　そして、次の瞬間、Bさんは編集長と広告担当者に般若の形相を向けると、再び声を荒げた！

「雑誌の売り上げが悪いだなんてオレは聞いてなかったぞ！　人から金を巻き上げといて、お前らどうするつもりだよ？　嘘つき野郎が!!」

　またしてもテーブルを蹴飛ばすBさん。振り出しに戻ったどころか、状況は悪化してしまったようだ。

「責任とって、ウチの会社で働けよ。今まで投資した金の分だけ。なあ、局長さん、それでいいですよね？」

　局長は黙ったまま、「うーん」と頭を抱えはじめた。しかし、このまま部下を見殺しにするようなマネをすれば、それこそ局長としての器量が疑われてしまうだろう。

　何か助け船を出してくれ!!　という私たちの願いが通じたのか、局長は重い口を開き、言った。

「……もう1冊だけ作りましょう。広告費はもちろん無料で構いません。存分にフォ

ローいたします。雑誌媒体の制作にどれだけ予算がかかり、リスクがあるかも理解していただけたと思いますので、これが私たちの誠意です」

時刻は明け方近い午前4時、ようやく私たちは解放されることとなった。憔悴した私たちに対し、Bさんの表情は打って変わって穏やかだった。

帰り際、Bさんが小声で私に話しかけてきた。

「意外と出版社の上層部もチョロかったな。全部上手くいったわ」

「え？」

「あんなの演技だよ。雑誌が潰れるなんて、珍しいことじゃないだろう？」

それが本当なら、まさに迫真の演技だ。

「まあ、フリーも大変だろうから、早く新しい編集部の雑誌の仕事を見つけろよ。ちょっと時間稼ぎをしてやったんだから、ありがたく思え。で、あともう1冊はよろしく頼むぞ。死ぬ気でやってくれよ」

私は、Bさんの話術に脱帽した。全員、まんまとBさんの手の平の上で踊らされていたのだ。やはり、それだけ交渉の場数を踏んできた証拠だろう。

ともあれ、この軟禁事件を通して、お金をもらって仕事をすることの責任を改めて実感した。非常にコワかったが、良い勉強になったと言える。

出版不況の中、雑誌を取り巻く状況は悪化の一途だが、必死でやるしかないのだ。

# おわりに

そもそも、私はなぜライターをしているのか？

かつて訪れた東南アジアのとある国の路上。両足の欠けた物乞いの男性が私に手招きをしてきた。バクシーシ（お恵み）を求めているのだろうか。

気になって近づいてみると、彼は私のカメラを指差しながら、訛り気味の英語でこう懇願した。

「厳しい現実を記事にして、世の中に伝えてくれないか？」

私はジャーナリストでもなんでもないが、貯金をはたいて購入した一眼レフカメラをぶら下げていた。そんな私に対し、彼は、自分の欠けた両足を撫でながら、「撮れ」と強く言う。

語弊があるかもしれないが、このときの私は、重度の身体障害者である彼に対し、「見てはいけない人」「知ってはならぬ現実」という恐怖に近い感情を覚えていた。

単なる旅行者に過ぎない私がカメラで撮っていいものか……複雑な葛藤から私が固まっていると、彼はそれでも真剣な眼差しで「撮れ」と主張した。

指先の震えを抑えながらシャッターを切ったことが今でも思い出される。

彼にとっては、たまたまカメラを持って通りかかったのが私だっただけなのだろう。

しかし、私はこのときから、他人に何かを伝える仕事――つまり雑誌や書籍出版関連の職業に就きたいとうっすら考え始めるようになった。

あれから約10年が過ぎた。

彼が私に託した想いを、ようやく少しだけここに綴ることができた。

だが、実際には紆余曲折あり、彼の想いはかなりねじ曲がった形で今の私に繋がっている（笑）。

結局私は、いわゆるジャーナリストにはなれなかった。それどころか、叩けば埃しか出ない生き方をしているかもしれない。

ただそれでも、ありきたりの正義感ばかりを振りかざすタイプの記者やライターには書けないこと、言い換えれば、できれば避けて通りたいような道や現実にスポットを当て、世の中に発表していけるよう頑張っている。

物事の善悪は表裏一体とも言える。真面目なジャーナリズムばかりではつまらないだろう。


ともあれ、何者でもない私の半生記とも言える本書に最後までお付き合いいただき、ありがとうございました。

30歳の節目を迎えて以降、改めて人生を振り返るようになったが、実は私は、幼少

期から現在に至るまで、自分のことを〝フッー〟だと思っていた。

それが、こうして人生そのものをネタにしたような本を出版する日が来るとは……。

ようやく、自分がちょっぴり変わっているということに気づけたかもしれない（笑）。

思えば、大学卒業後に就職した金融機関での勤務を続けていたなら、今頃は年収1000万円近かったことだろう。

にもかかわらず、そんな人生を早々に捨て、わきあがる好奇心のままに生きてきたその後の私については本書で述べた通り。いろんな意味でギリギリ、ロクでもない経験ばかりしているが、後悔は微塵もない（笑）。

味方半分、敵半分。エロやアングラをテーマに、書いた内容でピンチに陥ったことも一度や二度ではないが、それでも運良く致命傷には至らずここまでやってこられた。

これも、読者諸兄をはじめ、協力してくれる周囲の方々のお力だと存じております。

この場を借りて、お礼を申し上げます。

ただし、皆様は決してこんな生き方をマネしないように（しないか？）。

では、また会える日まで。グッドラック！

2015年4月　藤山六輝

【著者プロフィール】

**藤山 六輝**（ふじやま・むつき）

1983年生まれ。都内の私立大学を卒業後、金融機関に就職。

その後、エロ本出版社勤務を経てフリーライターに。超マニア向けの専門誌からさわやかな一般誌、広告関連まで幅広く活動中。

趣味は御利益グッズの収集と海外旅行。ヒッチハイクで日本全国を旅した経験もあり。

座右の銘は「意味のある遠回り」。

著書に『海外アングラ旅行』『気になるけれど行きにくいフーゾクにばかり行ってきました』（彩図社刊）がある。

# 実録《じつろく》！ いかがわしい経験《けいけん》をしまくってみました

2015年6月12日第1刷
2018年8月27日第3刷

著者　藤山六輝
イラスト　海東鷹也
発行人　山田有司
発行所　株式会社　彩図社《さいずしゃ》
〒170-0005
東京都豊島区南大塚3-24-4　MTビル
TEL 03-5985-8213　FAX 03-5985-8224
URL：http://www.saiz.co.jp
Twitter：https://twitter.com/saiz_sha
印刷所　新灯印刷株式会社

ISBN978-4-8013-0076-7　C0195


※本文中に使用している写真はイメージです。

麻雀
B1
キラリ
3F
マクロス
オンラインカフェ
2F
イタリアン
第一大滝ビル
リーチ麻雀
イタリアン
キラリ
出会いカフェ
受付3F
レンタルルーム
激安店紹介
レンタルルーム
リフレッシ
60分
90分
120分

ラウンドに大きな音が鳴り響いた。

　バチコーン！

　鬼コーチの平手打ちが私の頬を直撃したのだ。

「テメー、何笑ってやがる!?」

「ス、スミマセン……」

「なんで怒られているのか分かってんのか？」

「わ、分かりません……（それが知りたくてここに来たんです）」

「人間として最低だな！　ナメてんのか！」

　バチコーン!!

　先程より強烈な2発目がキマり、私はグラウンドに倒れ込んだ。

　あまりの恐怖に泣き出すチームメイトさえいる。そこに、大慌てで別のコーチがすっ飛んできた。

「コーチ、藤山はこの件に関係ありません！　おそらく、全員集合しなければならないと勘違いして紛れ込んだのでしょう！」

「そ、そうだったのか……」

　どうやら、チームメイトの間で密かにイジメがあったようだ。その当事者たちが集められ、大目玉を食らっていたというワケである。

# はじめに

私は、子どもの頃から好奇心がとても強かった。

例えば、地元では名の知れた名門サッカークラブに所属していた小学生の頃の話だ。

ある日の練習中、理由は分からないが、十数名のチームメイトが集められて鬼コーチから厳しく叱られていた。

鬼コーチは現役の警察官。とにかく曲がったことが人嫌いで、練習中に手を抜こうものなら天誅が下されるのだが、この日はいつも以上に怒りっぷりが凄まじく、何事かと思っていた。

だが、私は悪いことをしておらず、怒られている集団とは関係ない。したがって、普通ならば対岸の火事のようなこの状況を黙ってやりすごすと思うが、私は違った。

「なぜコーチはあんなに怒っているのだろう……?」

そんな好奇心に誘惑され、コーチが一瞬目を離したスキを見て、私は怒られグループの輪に潜入したのだ。

ドキドキ……ワクワク。どうやら、興奮状態の鬼コーチにはバレていないようだが、チームメイトたちは突然現れた私を見て目を丸くしている。

そんな彼らの様子を見て、私が思わずヘラヘラと笑みをこぼした……次の瞬間、グ

# いかがわしい経験を
# てみました

藤山六輝

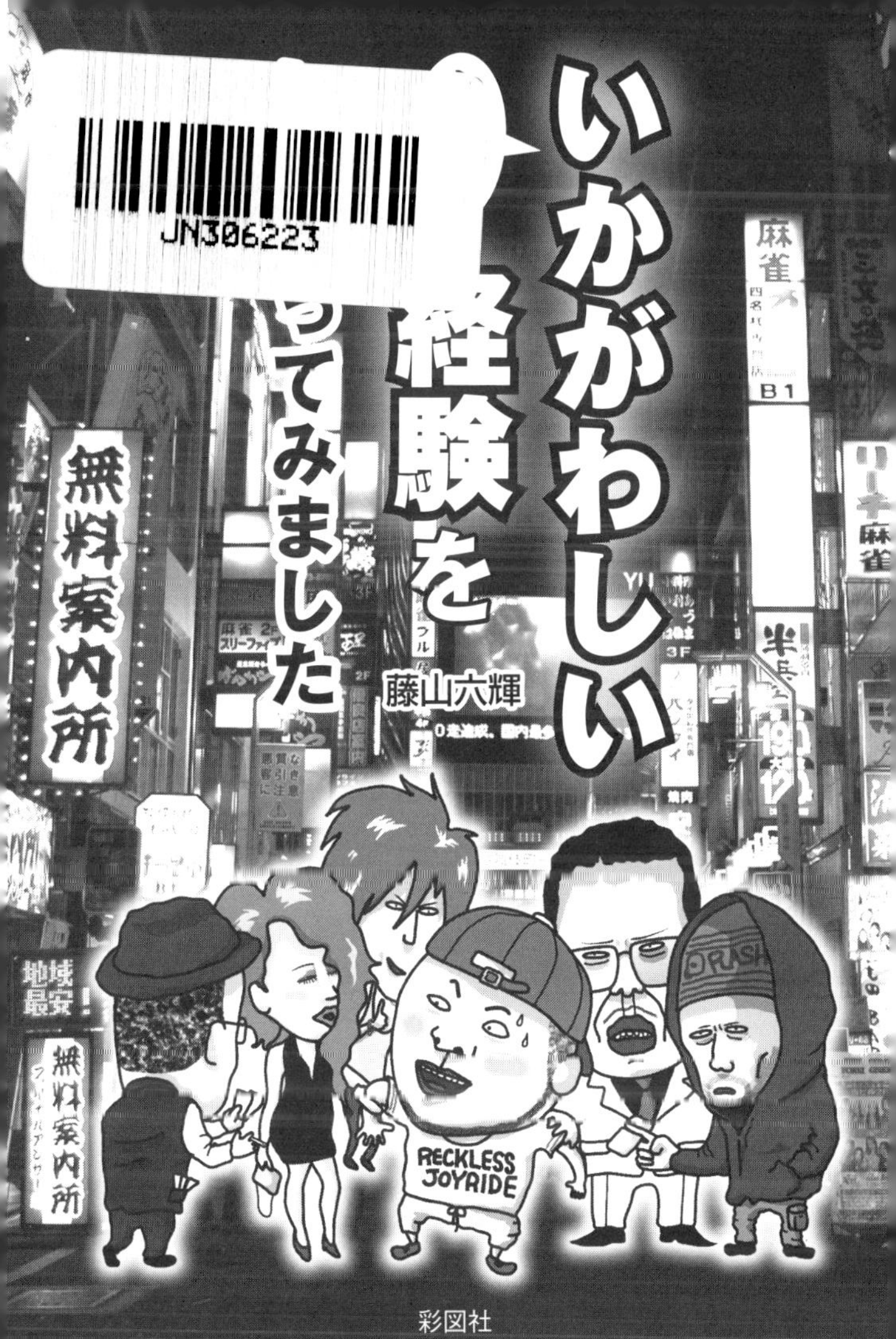


彩図社